日常的启示

在巴黎知吃思

栾颖新 著

湖南文艺出版社·长沙

图书在版编目（CIP）数据

日常的启示：在巴黎知吃思 / 栾颖新著 . -- 长沙：
湖南文艺出版社，2024.9. --ISBN 978-7-5726-2018-8

Ⅰ. I267

中国国家版本馆 CIP 数据核字第 2024CG7263 号

日常的启示：在巴黎知吃思
RICHANG DE QISHI: ZAI BALI ZHI CHI SI

作　　者：栾颖新
出 版 人：陈新文
监　　制：谭菁菁
责任编辑：吕苗莉　李　颖
策　　划：李　颖
特约策划：杜　娟
特约编辑：李　颖　黎添禹
营销编辑：汤　屹
封面设计：崔晓晋
版式设计：刘佳灿
封面插图：© Nathanaëlle Herbelin / ADAGP, Paris-SACK, Seoul, 2024

出版发行：湖南文艺出版社
　　　　　（长沙市雨花区东二环一段 508 号　邮编：410014）
网　　址：www.hnwy.net
印　　刷：长沙新湘诚印刷有限公司
经　　销：湖南省新华书店
开　　本：880mm × 1230mm　1/32
字　　数：100 千字
印　　张：10
版　　次：2024 年 9 月第 1 版
印　　次：2024 年 9 月第 1 次印刷
书　　号：ISBN 978-7-5726-2018-8
定　　价：63.80 元

历史学研究者应该有胃口。

——雅克·勒高夫

L'historien doit avoir de l'appétit.[1]

Jacques Le Goff

1 Jacques Le Goff, «Préface » dans *Apologie pour l'histoire, ou, Métier d'historien*, Dunod, 2020, p.17.

序

馋猫成长史

我从小爱吃。大娘乐意看我吃饭，说我吃得香。我偶尔因为吃热汤面出了汗，大人们说我吃饭卖力气。

我还是个馋猫。上小学时，我家住平房，在哈尔滨的城乡接合部。亲戚们都住在同一条街上。这条街弯弯曲曲，拐来拐去，最终通向松花江。1940年，太爷爷、太奶奶带着九岁的爷爷从山东"闯关东"到哈尔滨，从那时起他们就住在那儿。当时那里应该还没有街，只是一片临近松花江的无主土地。我刚上小学那年，亲戚们纷纷沿街开店。大爷大娘开小卖部，四叔四婶开蛋糕房，七婶开干洗店，九叔开豆腐坊……我就在这些店里长大。那时我还不明白这是因为他们都"下岗"了。傍晚我到处窜，打听各家晚上做啥饭，比较一番再决定去哪家吃。

我在比较中建立起自己的美食标准。即便是土豆片、凉菜之类的家常菜，不同的人做也是不同的滋味。土豆片的两极分别是奶奶和四婶。奶奶做的土豆片近乎水煮。她舍不得放油，也舍不得放盐。她似乎一直没有走出之前经历过的饥荒和配给制。四婶炒土豆片放很多油，近乎油炸。至于凉菜，更是各家有各家的滋味。在哈尔滨，凉菜并非不热的菜的总称，而是一种凉拌菜。白菜、黄瓜、胡萝卜等一种或多种蔬菜切丝，加入粉丝或凉皮，也可以不加，再放炒过的肉丝，当然也可以不放，最后加入调味汁搅拌。每一步都有自由发挥的空间。

我跟我妈说一声，就去别处吃饭了。她没有因为我不在家吃她做的饭就不高兴。那时人们尚未从性别角度审视我的行为。我确实是个贪吃的馋猫，可说到底也不过是一个食欲旺盛的小孩。比起挑食，我的情况似乎没那么令人担心。

在我进入所谓的青春期以后，我妈开始忧心忡忡地对我说："可不能太馋啊。容易被骗。"这句没有主语、宾语和补语的话，我从十几岁一直听到二十几岁。她没有解释过这到底是什么意思。我隐约感觉我妈担心的是我被男人骗。实际情况是我一旦饿了就要吃饭。男人们并不能理解这是怎么回事——在他们不饿的时候，他们就觉得我也不需要吃饭。饿急了却吃不上饭，我因此大哭，是字面意思上的"饿哭了"。想起大娘说过："你们家人都这样，到点吃不上饭就歹毛。"当时她因为忙店里生意做饭晚了，大爷跟她发脾气。这种对血糖水平变化的敏感或许是经历过饥荒的祖先在我的血液里留下的印记。我这样也不好骗。三十岁以后我就没有听我妈说过那句话了。不知道是她觉得法国没有骗子，还是觉得不会再有人来骗我了。

人天生会吃饭，可不是天生会做饭。大概没有人会不同意这句话。贪吃在某种程度上成了我学做饭的动力。我在上小学时学会了第一道菜——西红柿炒鸡蛋，是四婶教我的。我妈很会做饭，家常的鱼肉菜不在话下，她还会包包子、包饺子、蒸馒头、蒸花卷，连锅包肉都会炸。我问她是怎么学会的，她说是跟舅姥爷学的。舅姥爷曾在哈尔滨一家国营酒店当厨师，可是我去他家时从没见过他做饭，就像我的绝大部分男性亲戚一样。

人们默认做饭是女人的事，是女人就要会做饭。我想起安妮·埃尔诺的一段话。2023年冬天，巴黎有家电影院放映由埃尔诺的作品《事件》改编成的电影《正发生》。在放映开始前的对谈环节，埃尔诺说起她刚结婚时并不会做饭。当时她跟她丈夫都还是学生，都不会做饭。"可凭什么是我要学做饭啊？！"她在《被冻住的女人》中写她母亲从不叫她帮忙做家务。她的父母对她说："你只要照顾好你自己这个小人儿就行了。"最重要的事情是取得好成绩。"我只对自己和自己的未来负责。"她吃惊地发现她的朋友布里吉特在家帮妈妈做饭。在布里吉特面前，她成了一个"什么都不会做的女孩"。人们问她："等你之后结婚了怎么办？……你之后就会知道你做的石头汤你丈夫喜不喜欢。"那是20世纪50年代。

我妈对我的态度比较微妙：当然要学习，而且要学习好，可又不能只会学习，还要会干别的。在高考之前，她不觉得我应该会做饭，我最主要的任务是学习。在我上大学以后，她开始教我做饭。寒暑假我回家，她每次做步骤复杂的菜都叫我去厨房看看。她一边做一边跟我讲解每一个步骤，告诉我不同的调味汁的配料和比例。她有一套自己发明的速记口诀。我就这样用见习的方式跟我妈学做饭。

我爸在客厅看电视，隔着厨房的玻璃拉门看到我，露出满意的神情。他有时扭过头继续看电视，有时走过来拉开玻璃拉门，说一句："这不会，那不会，三天给你打回来。"我爸的这句话比人们跟埃尔诺说的那句话难懂。中文高度依赖语境，而且很多人并没有明确表达自己的意识。我爸的这句话没有主语。再仔细想想，似乎句子的前半部分和后半部分的主语也不一样。至于这个"你"指的到底是我还是我妈，我也没法确定。我猜我爸想说的是一种假设的情况：如果我什么都不会做，结婚以后可能会被丈夫打，我无法与丈夫共同生活，因此回到父母家。我爸跟一个与他素未谋面的男人结成了同盟。我妈偶尔回一句："只有你们家才这样。"他们当时应该都没有预料到今天的局面——我没结婚，也没给任何人打我的机会。

读硕士期间我在巴黎高等师范学院交换一学期。出发前我一度担心吃饭问题。我妈说："当地人吃啥，你就吃啥。啥没吃过，就买来尝尝。再贵也不是不能买，又不是天天吃。"到巴黎以后，我很快放心，我确认了我会做饭。妈妈教会了我做饭，小时候在女性亲戚们的厨房里等开饭的时间也教会了我做饭。我在宿舍的公共厨房里看到邻居用电蒸锅蒸朝鲜蓟。他用橄榄油、摩德纳香醋、柠檬汁、盐和黑胡椒调油醋汁，等朝鲜蓟蒸熟以后，把叶片揪下来，蘸油醋汁吃底端的那一口，叶片全吃完以后吃朝鲜蓟的芯。那是我第一次见到朝鲜蓟。我跟邻居请教做法，还找他借了电蒸锅。我试着用同样的方法蒸朝鲜蓟。发现新滋味的体验如此美妙。

交换的那学期我并非每天自己做饭。学校的食堂很不错，我经常去吃。宿舍免费，我不付房租。当时法国的物价还没有被通货膨胀抬高，我一度觉得生活并不贵。我去餐厅吃饭，也去旅行。我去了里昂和阿维尼翁。在阿维尼翁的餐厅吃到了好吃的，我忍不住感慨学了法语真是太好了。我很容易开心，吃到了好吃的东西就很开心。我还去了阿西西和佩鲁贾。当时我刚开始翻译法国历史学家雅克·勒高夫的《阿西西的圣方济各》，我想去看看书里提到的那些地方。我对未来充满希望，相信自己日后定会去更多地方旅行、吃到更多好吃的。我渴望成为一个世界公民。

我认为做饭或者说让自己吃上想吃的东西是一项重要的生存技能。因为是生存技能，所以不分男女。比起学钢琴，更重要的或许是学做饭。如果有人跟我搬出那句"君子远庖厨"，那就让他们都饿死吧。

半年太短，我来不及犯思乡病。我没有想念哈尔滨或北京的食物，或许也是因为我在法国料理中看到了与哈尔滨家常菜的共通之处。餐厅的肉类、鱼类主菜通常附带配菜，其中很常见的一种是多菲内奶汁焗土豆薄片。在我看来，这也是土豆片的一种。法国有很多以地名命名的沙拉，对应不同的蔬菜、奶制品、肉类、鱼类的凉拌组合，比如巴黎沙拉、里昂沙拉、尼斯沙拉等。我忽然意识到哈尔滨的凉菜说到底也是一种沙拉。

我还迫不及待去体验那些我曾在书中读过和在电影里看过的食物。读高中时我偶然在同学那儿读到《吃，吃的笑》，从那以后，我爱上了与食物有关的随笔：殳俏、彼得·梅尔、韩良忆、费雪、朱莉亚·柴尔德、咪咪·托里森、庄祖宜、吉井忍、翁贝托·艾科……并不专门写吃的书里有时也有与食物有关的片段，我读得津津有味。在我看来，写吃是一个重要的文学类别。日本作家小川糸的小说《蜗牛食堂》被译成法语，她因此得了欧仁妮·布拉吉尔（Eugénie Brazier）奖。这个文学奖专门颁发给书写美食题材的女性作家。真应该多设立一些这样的文学奖！

我是读博以后开始真正自己做饭的。然而，做饭两个字完全无法概括与之相关的劳动。构思菜单，确认家里有什么、缺什么，去市场或超市采购，尽量不要让食物坏掉，扔掉已经坏掉的食物，然后才是做饭本身。做饭本身的步骤不胜枚举，合理安排好这些步骤需要很多巧思。做完饭，还要洗碗和收拾台面。想到法语中"经济学"一词的词源是对家的管理，即家计学，不禁觉得十分讽刺。我确实不需要给别人做饭，可我还是得给自己做饭。

我猜大部分做研究的女性过的是这样的生活：在做研究的同时维持日常生活的秩序，很难有机会集中大块时间做研究。与此同时，已婚男学者享受妻子的服务——常见的情况包括做饭、做家务，过分的情况则不限于阅读、翻译史料、审读文稿、填写行政表格……

我非常喜欢作为历史学家的勒高夫，可是当我读到他写他妻子汉卡（Hanka）的段落时心情十分复杂。汉卡是波兰人，她读了医学院，专业是儿童心理学。她认识勒高夫时刚结束为期一年的实习，开始在华沙的一家医院当医生。因为跟勒高夫结婚，汉卡去法国生活，不再工作。勒高夫写道："令人惊奇的是，汉卡年轻时对做饭几乎不感兴趣，她母亲花在做饭上的时间不多，她自己和她的几个姐妹都更专注于学业或音乐。自从她开始生活在一个重视美食的国家，得知她的丈夫很爱吃以及友谊是通过餐桌维系的，她开始做饭，并且成了一流的厨娘。"[1] 勒高夫写他和他的朋友们得以享受汉卡"杰出厨艺的成果"，是因为"汉卡开始学做菜，尤其是跟我的朋友们的妻子们学，比如安德蕾·杜比（Andrée Duby）和珍妮·朗卡约罗（Jeannie Roncayolo）。她这样做，是因为她想获得和展示有用且让人感到愉悦的才能，同时也是为了讨好。"[2]

通过这两位女性结婚以后改的姓，可以推测出安德蕾·杜比是法国历史学家乔治·杜比的妻子，珍妮·朗卡约罗是法国地理学家马塞尔·朗卡约罗的妻子。2016 年，安德蕾·杜比去世，《历史》杂志网站发布了一则讣告。我得知：安德蕾·杜比其实也是一位历史学研究者。乔治·杜比1973 年在伽利玛出版社出版的《审判圣女贞德》是跟安德蕾合写的。安德蕾负责阅读两次审判的文本，把用 15 世纪的拉丁文写成的文本翻译成法文。安德蕾还常年去听勒高夫的

1　Jacques Le Goff, *Avec Hanka*, Paris, Gallimard, 2008, p.91.

2　*Ibid.*, p.46.

研讨班。[1] 我明白了：安德蕾实际上是乔治·杜比的同行。阅读、翻译并理解史料是历史研究中最重要的工作，如果没有这一步，何谈之后的写作？！为什么我从未在任何一次史学史研讨班上听说过她？雅克·勒高夫和乔治·杜比在高等教育机构中当老师、做研究并且写书，而安德蕾·杜比在教汉卡·勒高夫做饭。

在我的第一本书《那个苹果也很好》里，我写了不少去市场和做饭的事。可是我并不觉得我是天然爱做饭。这应该是社会化的结果。这个世界还没有发明出允许每个女人合法且免费地占有一个男性的一部分劳动的制度。我仍要做饭。如果一件事不得不做，那最好在其中发现一些乐趣。我对做饭的态度十分复杂。

勒高夫有一点说得没错，法国确实是一个重视美食的国家。法语里有一个词形容人爱吃、贪吃、讲究吃，gourmand/gourmande，或许可以借用前些年的网络流行语，将其翻译成"吃货"。跟这个形容词共享词根的常用名词有两个。其中一

1　https://www.lhistoire.fr/d%C3%A9c%C3%A8s-dandr%C3%A9e-duby.

个是 gourmandise，"七宗罪"中的"暴食"用的就是这个词。现在这个词已经丧失了严酷的道德色彩，反而成了捍卫爱吃行为的口号。比如吃完主菜已经饱了但仍要吃甜点，这时就可以感慨一句"就是爱吃啊！"（La gourmandise！）同桌的人都会心照不宣地笑笑。另一个名词是 gourmet，指懂吃、会吃的人，即"美食家"。日剧《孤独的美食家》标题中的"美食家"（グルメ）一词就来自法语。我隐约感觉"好吃""懒做"在法国都不是贬义词。

我的导师既爱吃，也爱谈论食物。据说法国的资产阶级认为谈论食物是粗俗的行为。实际上并没有人在乎他们怎么想，毕竟他们只占人口总数的一小部分。导师带我去他常去的面包店，问我要不要吃黑麦面包。我当然要吃。他买了给我，还告诉我黑麦是中世纪人们常吃的谷物之一，当时普通小麦制成的白面包很贵。日本的俄语翻译家米原万里写的随笔特别有意思，我非常喜欢。她在《旅行者的早餐》一书中写过一段关于黑面包与白面包的趣事。

现代俄国文学鼻祖 A.S. 普希金到访高加索，在修建格鲁吉亚军事道路的工地上，看到干活的俘虏们对着有酸味的俄国黑面包愁眉苦脸，痛苦不堪地想念祖国土耳其的面包（圆而扁平的白面包，和印度的馕有点相似）的样子。"我想起我的朋友谢列梅杰夫。他在向往的巴黎待了没多久就跑回来，感叹：'在巴黎生活实在是太悲惨了，买不到黑面包，一点办法也没有。'"[1]

普希金说的是 19 世纪的事。现在巴黎又买得到黑面包了。粗粮面包流行起来，是因为人们觉得粗粮比精致碳水更健康。

其实，黑面包对我来说并非新鲜东西，哈尔滨也有。1935 年，萧红住在哈尔滨，她在《商市街》里写过哈尔滨的面包。"'列巴，列巴！'哈尔滨叫面包作'列巴'，卖面包的人打着我们的门在招呼。"当时她跟萧军住在一起，两个人都没有钱，经常挨饿。

> 提篮人，他的大篮子，长形面包，圆面包……每天早晨他带来诱人的麦香，等在过道。
>
> 我数着……三个，五个，十个……把所有的铜板给

1　米原万里：《旅行者的早餐》，王遵艳译，南海出版公司，2017 年。

了他。一块黑面包摆在桌子上。郎华回来第一件事，他在面包上掘了一个洞，连帽子也没脱，就嘴里嚼着，又去找白盐。他从外面带进来的冷空气发着腥味。他吃面包，鼻子时时滴下清水滴。

"来吃啊！"

"就来。"我拿了刷牙缸，跑下楼去倒开水。回来时，面包差不多只剩硬壳在那里。他紧忙说：

"我吃得真快，怎么吃得这样快？真自私，男人真自私。"只端起牙缸来喝水，他再不吃了！我再叫他吃他也不吃。[1]

据说法语里表示男朋友、女朋友的词 copain/copine 的词源是一起分吃面包的人。萧红在《商市街》里多次写她想吃列巴却买不起。在面包不够的情况下，却有一个一起分吃面包的人。吃不饱是悲剧的开始。1942 年，萧红在香港病逝，终年 31 岁。不知不觉，原来我已经活过了萧红去世时的年纪。

---

1 萧红：《商市街》，译林出版社，2023 年。

2023 年，我导师出了一本新书，其中有一章详细地讨论巴黎从 11 世纪至 14 世纪的粮食供给情况。[1]我猛然意识到他热衷谈论食物，不仅是因为他本身爱吃，更是因为他是经济史专家。食物的背后是农业生产、城乡关系、运输手段、资源分配乃至政治秩序。他很长一段时间都在研究中世纪的磨坊。我很欣赏他的研究旨趣。他研究历史，也活在当下。

我从本科到博士一直读的是历史专业。大一的第一学期，我在一个研究法国史的老师的课上听说了法国年鉴学派。这个学派主张历史研究不应该只研究政治史，还应该研究经济史、社会史和文化史。研究者不应该只关注历史上的大人物，还要关注普通人和边缘人。他们借鉴社会学的研究路径和统计方法，并且把人类学的视角引入历史研究。他们关注过去的日常生活和大众心态。这一切都很投我的脾气。我也想做这样的研究。后来，我读社会学双学位，学法语，学拉丁文。那时我还没有开始做真正的研究，只是在为研究做准备。我还不知道具体要研究什么。周围人问起，我回答我想知道中世纪修道院里吃什么。这不是开玩笑，我是真的好奇曾经人

1　Mathieu Arnoux, *Un monde sans ressources: Besoin et société en Europe* (*XIe-XIVe siècles*), Paris, Albin Michel, 2023, 368 p.

们吃什么。

等我开始做研究以后，我发现绝大部分生活在中世纪的人没有留下关于日常饮食的记载。说得更悲观一点，其实是几乎没有留下任何文字记载。因为大部分人不具备读写能力。中世纪欧洲史研究绕不开修道院档案，是因为修士具备读写能力，能留下文字记载。我们能在修道院的档案中找到账目、关于土地交易的文书、国王的捐赠、教宗给予该修道院的特权……从羊皮纸到纸，这些文字记载能让我们了解那个已经过去的时代的政治、经济和社会。

我的研究对象是法国鲁昂的方济各会修道院。我发现没有大事发生的日常生活并不催生文字记载，纠纷、冲突和异常才是推动人们诉诸文字记载的动力。最初的问题将我们引向一批史料，可大部分时候我们并不能在史料中找到问题的答案。我知道鲁昂方济各会修道院在 13 世纪就有了直通修道院的水管，修士们喝的是泉水，是因为他们在后续的几个世纪里因为这条水管跟鲁昂市镇有过纠纷。我知道鲁昂的格朗蒙（Grandmont）修道院吃奶酪和蜂蜜，是因为 1204 年菲利普·奥古斯特征服诺曼底以后，修士们担心失去英格兰国王亨利二世给予他们的特权，于是请新的统治者确认他们仍能从牧场得到奶酪、从森林采集蜂蜜。有人觉得这样的研究过于细碎，认为依靠档案的具体研究是"碎片化"的历史学，"只不过是会外语而已"，而"真正的"历史学研究应当"有大局"。这种观点我实在不能同意。如果连外语都不会、史料都看不懂，那么"碎片"都无法了解，又何谈整体？上文提到的米原万里的妹妹也很爱吃，她开玩笑说想写一本书，书名叫《没本事，光会吃也是一种本事》。我在此借用她的格式，我想说：没本事，光会外语也是一种本事。可不要小瞧会外语这件事啊！每一个我学会的单词，就如同每一块我吃到的小饼干，都是我的。况且又不是只会外语。水管、奶酪和蜂蜜涉及的问题远不止吃吃喝喝。资源分配是天然的经济、政治和社会议题。

在认为历史学正统仍是政治史、事件史的研究者眼里，日常生活史、女性史这些日益受到关注的领域简直如同异端。学院传统论资排辈，强调简朴谦卑、低调做人，要"耐得住寂寞"，"坐得住冷板凳"。我自知我的研究旨趣并不入流，行事风格也与标准相距甚远——我爱吃，有不少爱好，热衷找乐子，而且一不高兴就到处说。我在很长的一段时间里试图掩饰这些方面。我用笔名写关于食物的文章和关于绘本的评论，用真名写历史学著作的书评。因为据说用真名发表与学术无关的文章可能会影响同行对我的研究的认可。我想不明白这是什么逻辑。说到底，写食物、写绘本和写论文都是我。没有哪一部分见不得人。这些都是我的思考和感悟。

这本书里收录的文章分为三个部分。第一部分的文章都与食物有关。2021 年我在读库小报微信公众号开了一个专栏，每月写一篇关于当季食物的文章。我从春天一直写到冬天。我之所以有这个专栏，与一个寄给我的朋友李茵豆的包裹有关。新型冠状病毒让旅行和见面不再理所当然。当时她在读库工作，在北京。我在巴黎。我想起美国作家海莲·汉芙在书信集《查令十字街 84 号》中写她给伦敦的马克思和科恩书店寄包裹。包裹的收件人是一直帮她找书的弗兰克·德尔。在英国物资紧缺的年代，海莲寄去的干燥蛋大受欢迎。书店的其他工作人员也都分到了蛋。我从未吃过干燥蛋，无法想象那是什么滋味。可寄包裹真是个好主意。法国邮局有一种预付费的纸箱，以卡纸的形式售卖，买回家以后折成纸箱，装入要寄的东西以后送回邮局即可。我买了巧克力、黄油小饼干、红茶、果酱、栗子酱、蛋黄酱和海盐……都塞进纸箱，寄给茵豆。茵豆也像弗兰克·德尔一样跟同事分享食物，其中的一位就是后来负责我的专栏的李唐。据说当时他正在思考要不要给我开一个专栏，茵豆告诉他我寄来了"一箱七公斤的吃的"，他立刻决定给我开专栏。我的专栏就是这么来的。赞美法国食物！跟李唐合作的一年非常愉快。我到处跟人吹我有个专栏，而且我的编辑是个小说家。

第二部分的文章与绘本有关。这些文章曾经发表在读小库微信公众号。这些文章是我写随笔的起点，对我而言意义重大。2020 年秋天，我开始去家附近的绘本图书馆。那个图书馆的受众理论上是儿童，可我不在乎。我相信绘本和毛绒玩具都没有年龄限制，是给所有人的。我读了很多法语绘本，感觉自己仿佛在绘本里重新长大了一次。2020 年初，茵豆还在出版公司当绘本编辑，她请我翻译三本她负责引进和编辑的法国绘本。我很高兴地答应了。在封禁的隔绝中，翻译成了一种抚慰。后来，茵豆离职，到读库负责绘本公众号的运营。她提议我写写去绘本图书馆的经历。

那段时间我深陷与博士论文有关的研究中，理不出头绪，却仍要继续做下去，焦灼又痛苦。2020 年春天的封禁打乱了我以往的节奏，我试图挣扎，可又感觉无力。爸妈还在催我赶紧毕业。他们渴望我毕业、回国、找到工作、找到丈夫，总之是要"定下来"。这种催促没能转化成面对研究和生活的动力，因为这不是鼓励、支持和肯定。他们只是把自己的焦虑转移给我。而我为了化解这些本不应该承受的情绪浪费了很多本可以用于研究和休息的时间。我感觉自己既没有被当成大人来尊重，也没有被当成孩子来爱护。

前一阵子我在小川糸的随笔集《洋食小川》里读到了这样一段话。

清晨，我在报纸上读到森公美子的采访文章，禁不住热泪盈眶。

为了成为职业歌剧演员，她只身前往米兰的音乐大学留学。

然而当她回过神，却发现自己终日碌碌，只不过是在完成规定的课业。

为此她烦恼不已——身为一个日本人，自己真的能够发自内心地理解歌剧吗？思前想后，她给远在老家的父亲打了一通电话。

"我觉得自己无法成为优秀的歌剧演员。"

面对情绪沮丧的女儿，她的父亲这样对她说："你就当自己是意大利人，试着像他们那样生活。等你回来的时候，如果能随手给爸爸做两三道意大利菜，就足够了。"

听完这番话，森小姐如释重负，不再只围着课业打转。

为了实现与父亲的约定，她跑去酒吧找大叔聊天，向邻居阿姨学习做菜……没过多久，便讲得一口流利的意大利语了。

这是多么温柔的父亲啊！

得益于他的一席话，森小姐才能卸下肩上的重担，虽然绕了道，但是目睹了原先一味逞强的自己没法看见的风景。

我看完这一段很感慨。我没有从父母那里听到这样的话，却也在食物中得到了很多抚慰。我也说不上我做的是哪国菜。在食物方面，我是一个国际主义者。我的厨房没有国界。厨房也是一扇随时通往故乡的门。食物是我自愿保持的与过去的联系。我早已是个大人，可我也还记得当孩子的心情。这种状态似乎很适合讨论绘本。我用笔名写了一篇关于去绘本图书馆的经历的文章。反响很好，我收到了很多留言。就这样，我又写了几篇与绘本有关的文章。这些文章不仅是在讨论绘本，更是在反思我的成长经历。这些文章是我尝试写论文以外的东西的开始。我在写作过程中体会到了快乐和自由。非常感谢茵豆给我的机会。

第三部分包括两篇文章。第一篇介绍的是花森安治。他曾任日本生活类杂志《生活手帖》的主编，主张保卫日常生活就是反战。这篇文章最初发表在《读库2202》上。第二篇文章介绍的是日本历史学家阿部谨也和他的著作《花衣魔笛手》。这篇文章最初发表于2022年5月6日的《新京报》书评周刊。阿部谨也关注中世纪的日常生活和边缘人，他的研究对象是中世纪晚期奥斯特鲁达地区。我非常欣赏他的研究旨趣。

这本书的三部分分别对应的是"知""吃"和"思"。我很喜欢这饶舌的三个字。绕不明白的时候，"在巴黎知吃思"也可以读成"在巴黎吃吃吃"。我把这些文章拢在一起，猛然发现这三组看似讨论不同主题的文章都指向了日常。这些文章是2020年至2022年写的。那是一段日常既被剥夺又填满生活的时期。我前所未有地关注日常、渴望日常。那时我尚未"女权出柜"。因为胆小和怯懦，很多话都不敢直接写。现在回头看那些文章，能清楚地看到我当时的小心翼翼。可是这些文章仍有意义，因为它们记录下了我在那段特殊时期的心情。

《那个苹果也很好》出版以后，有人揶揄我自诩"东北女作家"。我跟朋友说起这件事。她说："怎么了？你是不是东北的，还是不是女的，还是不是作家？"可不是嘛。我好爱我的朋友。

感谢杜娟女士的信任和鼓励。感谢湖南文艺出版社灯塔工作室李颖女士、黎添禹女士和汤屹女士的编辑工作。

表达自己的自由滋味，一旦尝过，就没法轻易放弃。

栾颖新

巴黎

2024 年 6 月 11 日

目录

1 我在巴黎吃什么

002　芦笋：盘子里的春天

010　冰激凌：当大人的快乐

018　吃冰激凌的乞丐

026　吃草莓是挽留夏天

034　法国与东北的共通点是炖菜

042　"小型抱抱"蛋糕

053　赞美蛋糕和友谊

065　去森林捡栗子

082　用西兰花搭一棵圣诞树

089　冬天是吃甜点的季节

096　国王饼：小心牙齿哟！

107　木柴蛋糕：其实里面没有木柴

115　可丽饼与煎饼

2 在绘本里重新长大

122   秋天读波米诺

132   去旅行吧！去爱吧！

141   我好像有了猫——读《小猫恰皮》

152   大山的礼物，我也收到了

159   人生已经开始了

170   一球冰激凌与小豆豆

3 日常生活赞歌

192   花森安治：保卫日常生活就是反战

223   阿部谨也：关注日常生活的历史学家

1

我在巴黎吃什么

与人分享是很开心的事，
不论是食物，
还是其他的东西。

芦笋：盘子里的春天

我是来了巴黎以后才知道冬天可以多难熬的。巴黎的冬天时常阴天，雨水多，潮湿，日照短。从10月底到4月底几乎穿同一批衣服，时间在流逝，日子却仿佛没有变化。2020年秋天以来，巴黎经历了两次封禁，我过了一个几乎没有文化生活的冬天。电影院和博物馆悉数关闭，断断续续地收到歌剧院和巴黎爱乐团的邮件，演出被取消，不日退款。我从未像今年这样期盼春天。

法国历史学家阿兰·科尔班（Alain Corbin）曾写过一本书，讨论人对天气和大海的感受力的变化，名为《天空与大海》（*Le ciel et la mer*）。他说：人如果相信四季中有一个季节是最好的，是"黄金季节"，那么便很难活在当下和体会当下。

这说的就是冬天时的我。

春分后白昼飞速变长，3月底换夏令时，紧接着是复活节假期，春天来了。在东北生活时，二十四节气与本地物候难以相契，立春时气温依然很低。而在巴黎，我头一次过上了季节变化与历法相契的生活。在没有文化生活的冬天里，我去公园散步，去市场买菜，虽然生活在一座城市中，却前所未有地感受到自己正与自然相连。

报春的使者是芦笋。

在法国，芦笋被认为是最先上市的春季蔬菜，被称为"盘中的春天"。最早的芦笋3月中旬上市。3月中旬到6月底，都能买到芦笋。

芦笋原产于欧洲东部和小亚细亚地区，法国食用芦笋的历史可以追溯到15世纪，据说可能是从佛兰德地区传入的。法国国王路易十四热爱芦笋，芦笋也因此被称为"国王的蔬菜"（légume royal）和"可食用的象牙"（livoire à manger）。曾经的芦笋是一道奢侈的菜，它曾出现在泰坦尼克号头等舱的菜单上。

如今，伴随芦笋种植规模的扩大，芦笋不再是国王独享的蔬菜，不过价格依旧昂贵，初春的芦笋尤为价昂。人们多在周末家族团聚和庆祝春季的节日时吃芦笋，芦笋季节覆盖法国春季的诸多重要节日，如复活节、5月1日、耶稣升天节和圣灵降临节。法国著名的芦笋产地之一郎德（Landes）今年的春天来得很早，芦笋因此比往年更早上市，芦笋农户在接受采访时说消费者还没准备好，芦笋就上市了。

近年来出产芦笋最多的国家是中国。可我在国内生活时竟从未吃过芦笋，想来也觉得不可思议。我是来法国以后第一次吃到芦笋的，具体是什么时候已经不记得了。当时还不知道普鲁斯特写过芦笋，也不知道马奈画过两幅芦笋，在超市里看到了便买来吃。刚到法国时，对没有吃过的蔬果非常好奇，每次遇到没吃过的蔬果都要买来试试。

我今年春天第一次买芦笋是3月21日，产地是西班牙。西班牙比法国气候暖，同种蔬果往往先行上市。5月中旬在市场买到了巴黎附近农户种植的芦笋，是在我常去的摊位买到的。摊位主营苹果和洋梨，整个冬天摊位上都放着七八个木箱，里面是不同品种的苹果和洋梨，兼卖菊苣（endive）和核桃、榛子等坚果，没有想到他们也种芦笋。正当季的本地芦笋，果然好吃。

芦笋是否好吃很大程度上取决于是否新鲜，经过长途运输的芦笋风味比本地芦笋差一截。芦笋的根部要有汁水，才算得上新鲜。买回以后如果不能一次吃完，可以用湿布包住根部，放入冰箱。芦笋的法文 asperge 来自拉丁文的 asparagus，意思是"新长出的嫩芽"，芦笋吃的就是鲜嫩。

芦笋季开始后，我每次去市场都要买芦笋。法国的芦笋主要分为三类：绿芦笋、白芦笋和紫芦笋。这三种芦笋其实是同一种植物，跟大蒜和洋葱属于同一科。芦笋产生不同的颜色是因为采用了不同的培育方式，并非三种不同的植物。绿芦笋露天生长，整体为绿色。白芦笋的栽培大多从 1 月开始，要培 50 厘米左右的沙土，让芦笋完全处在土下，避免日照，无法进行光合作用的芦笋因此保持白色。而白芦笋稍稍见光就会变成紫色。我还没有吃过紫芦笋，据说白芦笋和紫芦笋口感差异不大。

白芦笋的发现与路易十四有关。路易十四爱芦笋爱到了一年四季都想吃的程度。让－巴蒂斯·德·拉·昆提涅（Jean-Baptiste de La Quintinie）时任位于凡尔赛的国王菜园的负责人。为了保护芦笋免受恶劣天气的影响，拉·昆提涅用土覆盖芦笋。无法进行光合作用的芦笋保持了白色，白芦笋因此诞生。

白芦笋往往比绿芦笋更贵。5月初去市场，摊主推荐我买白芦笋："今天白芦笋便宜，过一阵子赶上节日就要涨价了。"于是买了预计数量的两倍。切去根部，削皮，烧热一锅水，在水中加盐，煮白芦笋，煮好以后淋酱汁。白芦笋味道纤细而特别，往往采取蒸或煮的方式烹饪，配蛋黄酱、油醋汁或 mousseline（薄蛋黄酱）。在广播节目中听到受邀的主厨透露秘方：煮白芦笋时在水中加糖，会更好吃。

我最常吃的是绿芦笋。同样是切掉根部并去皮，绿芦笋更嫩，不用像处理白芦笋时削得那么彻底，从中间削皮即可。我喜欢把薄薄的培根裹在绿芦笋上，放在平底锅上煎，培根本身油脂很多，无需放油。想偷懒的时候，挖上一块黄油，直接煎，也很好吃。绿芦笋跟油脂的滋味很配。更偷懒的时候，把绿芦笋放在能进烤箱的盘子里，淋上橄榄油，撒盐、胡椒和马苏里拉奶酪，做烤芦笋。好了以后直接把盘子拿出来，在芦笋以外的空白地方摆上其他菜，连洗烤盘都省了。

美食节目请了种植芦笋的农户做嘉宾，专门种植绿芦笋的农户说：好的绿芦笋不能太细，不然削皮以后就不剩什么了，最好要直，前端应该是闭口的，这样才好看。听他说完，再看我买到的芦笋，确实如他所言。

而我觉得最好看的芦笋是野芦笋（asparagus acutifolius）。前阵子我在平时买香草和蘑菇的摊位第一次见到野芦笋，摊主热情地为我介绍野芦笋的吃法，她说可以放到沙拉里生吃，还可以用黄油煎着吃，她又说："我最喜欢的吃法其实是做成烩饭。"我买了一把野芦笋，回家以后开始查烩饭的食谱。摊主所说的烩饭是意大利式烩饭（risotto），我以前在餐厅吃过，一直以为是很复杂的菜式，从未想过自己做。

做烩饭需要专门的米。热锅中放油，把未经淘洗的米倒入并翻炒，之后少量多次加入高汤炖煮，让米吸满高汤。在炖煮期间不断搅拌，煮 15 分钟左右即可。依法炮制，效果不错。野芦笋比绿芦笋更嫩，无需炖煮，在即将出锅时加入即可。摊主的推荐果然好吃。

我的朋友很会做芦笋烩饭，我打电话跟她讨论烩饭的做法，第一次自己做了烩饭的我非常激动。她说："我的秘诀是在快出锅的时候加一块黄油，让黄油融化在烩饭里，特别好吃。"她问我："你加帕玛森芝士了吗？"我说没有，她说："那怎么行？！一定要加！"得到朋友的指点以后，我又买了芦笋，这次还买了帕玛森芝士。加了黄油和帕玛森芝士的烩饭比我此前的寡淡版本好吃了很多，如果用来招待朋友，大家应该都能吃得很开心。经过此番探索和尝试，我的拿手菜又多了一道。

祖上来自西西里的法国随笔作家让－保罗·芒加诺罗（Jean-Paul Manganoro）也是芦笋烩饭的爱好者，他说芦笋烩饭是米的黏性和芦笋的黏性的完美结合，又强调煮芦笋烩饭的时候人不能离开锅，必须一直看着，一直搅拌。不，不是搅拌烩饭，而是抚摸（caresser）烩饭。芒加诺罗是个温柔的人，他说他不忍心用叉子吃芦笋，因为怕叉子弄疼了它。我对芦笋的爱还没到他这种程度。

普鲁斯特赞美芦笋："我最爱那些云青似染、粉红如涸的芦笋，看着它们的穗状花序纤细地描出浅紫和天蓝，而后色彩渐次呈现直至根部，我觉得这些来自天际的色彩变幻，依稀让人看见一群可爱的小精灵，为取乐而变成蔬菜。透过新鲜可口的茎叶的伪装，在晨曦微露、彩虹初现、夜色由蓝转黑的光色嬗变中，可以瞥见那珍贵的精华；每当晚餐吃了芦笋，我总能重温这份精华，因为这些小精灵会像莎士比亚的梦幻剧中的那样，玩些诗意盎然而又带有粗俗意味的恶作剧，把我的便壶变成香水瓶。"吃完芦笋，小便的气味确实不同以往，但我认为绝对称不上香水的程度。

2021 年 6 月

冰激凌：当大人的快乐

我对冰激凌很执念。在巴黎吃冰激凌，旅行时也找当地的冰激凌吃。常去超市买冰激凌，有一段时间冰箱冷冻柜里有一个抽屉全是冰激凌。还去冰激凌店和摊儿吃。

最近听说"冰淇凌"的写法不标准，在出版物中应写作"冰激凌"。我的长辈们都说"冰激凌"，此前我一直以为这是东北话，是不标准的发音，没想到错的竟是自己。

巴黎有专卖冰激凌的店，有的主打意大利式冰激凌（gelato），声称这跟法语里的冰激凌完全不是一回事（glace，crème glacée），是一种独特的存在；有的宣称自己是法式冰激凌的代表，在店名下方加一行小字，à la française（法式），表明自己是真法式。此外还有露天的冰激凌摊位，多分布于公园附近或内部。

不少甜点店也在夏季推出冰激凌，最近天气有了变热的迹象，上周经过 Des gateaux et du pain 甜点店，看到橱窗里已经摆出了冰激凌的价目表。大概有七八种口味，分大桶和小桶，装在圆形纸盒里，分量很大，是让顾客带回家吃的。我买了一小桶香草味的，奶味很足，布满香草籽，非常好吃。

巴黎的冰激凌消费有着明显的季节性，夏天的晴天被认为是应该吃冰激凌的日子。冰激凌店冬天门可罗雀，甚至改卖热巧克力和咖啡。不过我就是那个"雀"，几年前的冬天我去了意大利式冰激凌店 Grom，当时 Grom 在巴黎还只有一家店，位于塞纳街（Rue de Seine）。店员说意大利口音浓郁的法语，亲切可爱。我点了两个球，坐在店里吃完。整间店只有我一个顾客。

Grom 在巴黎陆续开了分店，其中一家在苏浮楼街（Rue Soufflot），离卢森堡公园很近。苏浮楼街转角的斑马线前有着世界上最幸福的表情，一部分人拿着在 Grom 买的冰激凌，期待着过了马路到公园里吃，还有一部分人在街口的麦当劳买了外卖，提着纸袋，也是要去公园里吃。我觉得冰激凌店里的氛围堪称人类最接近世界和平的状态。

小时候没有吃冰激凌的自由，常常央求大人给买，有时能得逞，有时不行。上小学时叔叔婶婶曾带我去游乐园。后来翻看当时拍的照片，我跟工作人员扮的米妮合影了。而我印象最深刻的竟是那天吃的冰激凌，白色纸杯，香草味冰激凌，上面淋着焦糖，撒着一层坚果碎。现在还记得那个味道，想来应该是榛子或花生。上高中时有一次过年去姥姥家，我说想吃冰激凌，舅舅带我去附近的小卖部，对着冰柜跟我说随便挑，一口气买了十多个，带回去大家一起吃。豪气购买的记忆很美好。小时候不是想吃冰激凌就能吃到，有时还能体会到东北独有的魔法——你想要什么就能变成什么，比如我说想吃冰激凌，大人就会说："我看你像个冰激凌！"

变成大人以后，想吃冰激凌就可以自己买，很不错。去年有一次买了冰激凌，在公园的长椅上坐着吃。长椅两两背靠，另一边是一对母女。三四岁的小女孩看到了我的冰激凌，跟妈妈说："我也想吃冰激凌。"她妈妈说不行，小女孩奶声奶气地问："为什么呢？"她妈妈没有回答她。我想她妈妈一定恨死我了。想起伊丹十三的电影《蒲公英》里有个小孩脖子上挂了个牌子，写着"我是吃天然食物长大的，请不要给我甜食和点心"，落款是孩子的妈妈。可电影中的大叔一脸邪恶地把甜筒冰激凌递给了这个小孩。看着小孩舔冰激凌的样子，大叔十分得意。可是，谁能抗拒冰激凌呢？有什么人不喜欢吃冰激凌呢？

3月忽冷忽热，有一天下午天气晴朗，气温也高，我出门散步，沿着塞纳河走到了圣路易岛。桥上有几组人在演奏，萨克斯让人感觉快乐。很多人在吃冰激凌，举着蛋卷或者拿着纸杯。圣路易岛上有赫赫有名的贝蒂永（Bertillon）冰激凌总店，天气好就排长队。岛上的咖啡馆也分销贝蒂永冰激凌，相对容易买到。此前从未买过贝蒂永的冰激凌，因为这家比较贵。可是周围的人都在悠扬的音乐声中吃着冰激凌，我觉得我也要吃到，便去离河岸最近的咖啡馆买了一球香草冰激凌配蛋卷。顺着楼梯走下去，坐到河岸边，一边晒太阳一边吃。一只绿头鸭游了过来，冲着我旁边的情侣嘎嘎。男生问鸭子："你要什么呀？"这是今年春天第一次在室外吃冰激凌。味道说不上多么好，可是在那个场景却一定要吃。很多吃冰激凌的经历跟当时所在的气氛相关，吃的是一种心情。

春分以后，日照时间明显变长，白昼一日比一日长，3

月底法国换夏令时，日落的时间更晚了。冬天习惯了天黑才吃饭，换了夏令时以后饭点全乱了，在该吃饭的时候不饿。我的胃停在另一个时区了。中午12点不饿，下午1点也不饿，于是没有吃午饭就去了图书馆。傍晚从图书馆出来，走进公园，忽然发现去年秋天不知何时悄无声息消失了的冰激凌摊位又出现了。那一瞬间我有了胃口，我要吃冰激凌，虽然气温只有10度，还刮着风，但是又有什么关系呢，反正是晴天，反正我想吃，立刻去排队。我买冰激凌的行为完全脱离了理性。公园里的冰激凌摊再次出现，意味着夏天就要来了。此刻的冰激凌是对夏天的期盼。

4月底又去了一次冰激凌摊，买了两球冰霜，蜜瓜味和桃子味。法国的冰激凌分两大类，一类是奶味重的冰激凌，crème glacée，比如香草味、巧克力味、开心果味等；另一类是冰霜，sorbet，冰的质感更明显，多是水果味，比如覆盆子味、杏子味、草莓味等。天气热时，我喜欢吃冰霜。我举着蛋卷，郑重得如同擎着传递奥运圣火的火炬，去找长椅，顺路气气那些不能自己买冰激凌的小朋友，感觉自己真是变态。可是当大人真是太快乐啦！

可是身为大人有时也想体会小孩的快乐。跟朋友去公园，本来的目的是吃冰激凌，途中经过旋转木马，朋友感慨："真想坐啊！"我也是。我想坐旋转木马很久了，每次经过看到木马上的小朋友都很羡慕。他们似乎无忧无虑，被人保护，有着单纯天然的快乐。但是木马似乎有年龄限制，便一直没有坐过。我决定去问问旋转木马坐一次多少钱。木马旁边有个小木屋，是售票处，兼卖饮料零食。

我站在小木屋前，隔着玻璃问售票小哥多少钱。小哥问我要买什么，我指了一下木马。他狂笑，笑到从小木屋里出来，说了价钱，又说："大人只能坐大象，不能坐其他的，不过你们俩可以都坐进大象车里。"我说："没问题！"交过钱，小哥递给我一个塑料卡，他说这是票，我就拿着了。他说："你们坐好了、准备好了，我就开始。"

坐进了大象车，两个人完全没问题，大象想必是为年幼小孩的家长准备的。小哥过来收票了，我很震惊："这么正规呀！"小哥说："就是这么正规，即便人少，也要按流程走。"他回到了小木屋，开始广播："木马就要启动了，请坐稳，祝您旅游愉快！"

问木马多少钱时，小木屋旁边站着一个奶奶。她得知大人也可以坐以后很开心，也想坐，本想跟我们坐同一轮，但因为大象只有一个，奶奶就等下一轮。我在旋转木马上转着的时候看到旁边有两个女生停下了，她们在看我和朋友，还在拍照。一圈两三分钟，很快结束，意犹未尽地从木马上下来，还不想走，便站在旁边看奶奶这一轮。奶奶还跟我们招手，很开心的样子。那两个之前在看的女生也去买票了。我感觉好快乐，成年以后第一次坐旋转木马。

我跟朋友去买冰激凌，摊位的小哥非常大方，挖的球很大、很敦实。我要了青柠檬柚子口味和草莓味，朋友买了白咖啡口味和桃子味。坐在长椅上，先用小勺子挖冰激凌，吃得差不多了就开始啃蛋卷。稍远处的草坪那边有个大爷在对着我们拍照，看了他一眼，他也没走，本想制止他，但忍住了，他可能是觉得我跟朋友在吃冰激凌的样子很开心吧，他很羡慕吧，他或许已经年纪大得不能吃冰激凌了吧。朋友说："坐了木马，又吃冰激凌，感觉像过儿童节！"

吃冰激凌这件事，或许是作为大人最容易体会到的小孩一般的快乐。想吃冰激凌的时候就能买，当大人真是太好了！而吃冰激凌的时候如果能把自己当成小孩，那么冰激凌就更好吃了！

2021 年 5 月

吃冰激凌的乞丐

巴黎有不少乞丐。走在路上很容易看到乞丐，在地铁口、超市出口旁边、自动取款机旁边和路口处往往有乞丐，有时在意想不到的地方也有乞丐。其实说他们是乞丐也不准确，有一些看上去似乎是自由自在的流浪者，有一些看上去像是过得很惨的无家可归者。

有的乞丐带着睡袋，还有人搭起帐篷，摆出一副住在这里的架势。还有一些乞丐是在固定的时间拿着自己的东西到指定地点坐下，晚上到了固定的时间便会离开，什么也不留下。这种乞讨像是一份工作，也不知他们晚上住在哪里。

巴黎的乞丐往往带着动物，比较常见的是狗，而且经常是面目凶狠、长得像狼的恶犬。可偏偏很奇怪的是这样的恶犬却对自己的主人很忠诚，不会逃走。有一年夏天我正准备去买冰激凌，快到店里的时候开始掏出零钱包数硬币，打算到时候一把拍在柜台上。钱数好了，我攥着一把硬币往冰激凌店走，忽然不小心掉了一个硬币，眼看这硬币滚啊滚，滚到了街边的乞丐附近。乞丐的狗伸出爪子，把那枚一毛[1]钱的硬币压在了脚下。我很无奈，总不能去跟狗讨回来吧。旁边的乞丐一脸得意，朝我嘿嘿一笑，仿佛在嘲笑我即使不想给他钱实际上也要给他钱。差了这一毛钱，我买冰激凌的现金不够了，最后只能刷卡。

而实际上，即使真的要给乞丐钱，一毛钱也是不行的。在巴黎给乞丐钱的金额是五毛打底，一般是一欧元，还有些心善的人哗啦啦地给一大把硬币，估计得有五六欧吧。乞丐不是一直说话，大部分时间比较沉默，偶尔会叫住路人，说："女士，麻烦给我五毛钱吧。"所以这说明最少应该给五毛。

我刚到巴黎的时候还不知道这个规矩，有一次在电影院排队买票，一个抱着孩子的男人过来讨钱，我不知为何恻隐之心被触动了，掏出一枚两毛的硬币给了他。他一脸惊诧，可是也没说什么。我当时完全不知道最少应该给五毛，还以

1　一毛硬币指的是面值为 10 分的欧元硬币。

为两毛也不少了，我当时住的地方旁边有家平价超市，8个150毫升的酸奶才卖两欧，我想着两毛钱大概也可以买一个酸奶呀。后来才知道这样子是不行的，我当时的物价观完全是错乱的。

我的朋友也曾给乞丐东西，她说在大冬天看着乞丐感觉格外可怜，感觉他们过得特别苦，夏天的时候感觉不那么明显，因为阳光好，天气暖和，连乞丐都在晒着太阳喝酒。她有一次从超市出来的时候忽然决定把刚买的一包薯片给乞丐，结果乞丐拒绝了，表示不吃这个。我的朋友感觉受到了伤害，从此再也不给乞丐钱了。她说："社会财富再分配这个事，就留给那些有钱的优雅女士们去完成吧，我也没那么多钱。"

除了有狗陪伴的乞丐，还有带其他动物的乞丐。我曾在圣米歇尔大道见过一个乞丐旁边蹲着一只白兔，兔子很乖，没有拴着也不跑。还见过带猫的乞丐，看起来很惬意的样子。也有没有动物的乞丐，有的乞丐在自己旁边摆上一些毛绒玩具，令我影响深刻的是一只海豚和一个企鹅。还有的乞丐不走可爱路线，拿着一支钓鱼竿，在本来该拴咬钩和鱼饵的地方挂上一个自动咖啡售卖机里出来的那种塑料纸杯，乞丐便晃着钓鱼竿，试图吸引路人的注意。

刚到法国的时候，有一次去超市买东西，结账的时候往收银台的传送带上摆自己要买的东西，摆完以后再拿一个三厘米宽的塑料分隔棒放在最后，划出范围，方便下一个顾客摆自己的东西，这样收银员在扫码的时候不会搞混。那次我后面的顾客的东西不小心倒了，跌到了分隔棒另一边，他马上跟我道歉，客客气气的。我说没关系。

　　后来我付完了钱，在旁边把东西往布袋子里装，忽然听到收银员跟我后面的顾客说："嘿，你又来了啊！"然后开始清点一大把硬币。哦，原来他买了一瓶高级的伏特加。法国超市里一般的酒是没有防盗扣的，贵一些的酒才有，他买的酒是带防盗扣的。他还买了一盒鲭鱼罐头。收银员清点完那一堆硬币，我后面的那个顾客跟收银员说了"谢谢"便离开了。我忽然意识到了：他似乎是乞丐。

　　出了超市，我又看到了他。他没有走远，而是坐在了街边的长椅上，开了酒，对着瓶子开始喝，大概一会还要吃鲭鱼罐头吧。那天阳光很好，我忽然感觉这位乞丐真潇洒。而且我听他说话的语气丝毫没有想到他是乞丐，他说话很客气，发音也很标准。可这样一想就更难受了，他经历了什么呢？

　　我没搬家之前，每次回家从地铁站出来都能看到马路对面眼镜店的台阶上坐着一个大爷，他白天不在，黄昏以后才会出现。我最开始都不确定他是乞丐，因为他总是在看书，长发飘飘，气质像吉他手。后来有一次看到红十字会的工作人员在问他问题，我才确定了他也是乞丐，或者说是无家可归者。还曾见过有年轻人跟他聊天，那个大爷在讲英语，但他的英语带着一些法语的口音，他应该是法国人。我也不知道他经历了什么。一到清晨，他就消失了，眼镜店门口的台阶上没有任何痕迹。

而令我印象最为深刻的一个乞丐是在圣日耳曼大街，他靠在一栋大楼的墙上，那时是夏天，天气很热，他躲在树荫下。我之所以被他吸引了是因为一对学生模样的情侣在他旁边，他们买了一盒6支装的蛋卷冰激凌。是的，巴黎的超市很少有单支的冰激凌，是不是很奇怪？大部分冰激凌要么是盒装的，一盒4支或6支，或者更多，要么是桶装的，一大桶也不是一顿能吃完的分量。我猜那对情侣是忽然想吃冰激凌了吧，或许想着6支蛋卷也吃不完，不如给乞丐1支吧。

他们给了乞丐1支蛋卷，可是乞丐不让他们走，在跟他们说话，但说的又不是法语，双方无法沟通。后来乞丐回身指了一下地下室，意思是说他还有一个哥们在地下室里，希望情侣也能给他的哥们 1 支。情侣明白了，爽快地又递给他 1 支蛋卷。乞丐便顺着小窗子把蛋卷递进了地下室里。我并没有在乞丐身边，而是在马路的另一边，我被这个场景吸引，甚至停下来观看蛋卷事件是如何展开和收尾的。后来想想还是觉得难以置信，似乎是天气太热了被热出了幻觉吧。可是这场景已经突破了我的想象力，即使让我想象编造，我似乎都无法构思出这样的故事，那么这大概是真的发生过的吧。

大部分乞丐不太说话，坐在路边，有人放一个牌子，解释一下自己此前的人生遭遇，有人连牌子也不放，自顾自地待着。还有些乞丐喜欢对来来往往的路人说话。我一直不知如何回答乞丐的话。

搬家以后，街口一直有一个乞丐，他坐在一只破烂的行李箱上，面朝便利店的出口，用带有东欧口音的法语请人们行行好。最开始他每次看到我都会说"您好，女士"，后来似乎知道了我不会给他钱，便省了这句问候。

附近还有另一个乞丐，他整日垂头丧气的，也不抬头，似乎一直在盯着路人的鞋子。每当我穿皮鞋路过的时候，他便热切地说一句"您好，女士"，可抬头对上眼神以后，又会很快把眼神移开，丝毫不掩饰自己的失望，大概是觉得我不会给他钱。而当我穿帆布鞋经过的时候，他连"您好，女士"都懒得跟我说。

而我遇到的最有礼貌和风度的乞丐是在索邦大学附近的地铁站里。有一年，我每周都要去索邦大学上课，下课的时候匆匆忙忙往地铁站走，上完课总是很饿，忙着回家吃饭。而在地铁站通往月台的最后一段台阶旁的缓台上总是坐着一个乞丐。他每次都很客气地说"你好，小姐"。

法语里对女性的称呼有两种。过去是做明确的区分的，对年轻女士、未婚女士都要称呼"小姐"（mademoiselle），成年女士称"女士"（madame）。香奈儿有一款香水叫"可可小姐"。可可是香奈儿在当歌女的时候得来的绰号，伴随了她一生，而"小姐"就是法语里的 mademoiselle，因为香奈儿一生未婚，她一直都被人叫"小姐"。

那位乞丐一直跟我说"你好，小姐"。虽说法语经过改革以后，目前所有的行政文件上都不再区分女性是"小姐"还是"女士"，日常生活中人们也往往只说"女士"，因为这个词带有平等的色彩，因为对男性的称呼只有"先生"一种，对女性的称呼也不应该做进一步的区分。我觉得法语在这方面很酷，是一门进步的、在变化的、跟得上时代的好语言。

可是偶尔被人叫"小姐"的时候还是有些开心的，感觉自己似乎获得了可以跟对方撒娇的资格。

那个乞丐每周都跟我打招呼，我从来没有回过他，匆匆跑下楼梯去赶地铁，他也不在意，还会客气地再说一句"祝您一天愉快"。这是告别时的礼貌用语。有一天，我鬼迷心窍一般地在他说了"您好，小姐"以后跟他说了一句"您好，先生"。他看看我，并没有说"请给五毛钱"，而是说了一句"很高兴认识您"。我当时惊呆了，站在台阶上不知所措，搜刮不出来任何一个词回复他。他又说："祝您一天愉快。"我也匆匆跟着重复了一遍。后来想想总觉得是一桩奇遇。

前几天等公交车的时候发现公交站旁边搭着一个帐篷，里面伸出一根黑色的数据线，连到公交站柱子上的 USB 口上。帐篷里的人是在给手机充电吧。无家可归者也需要有手机，不能跟这个世界失去联系。有时想想这个世界是多么荒诞啊，那些人本来都有过很好的生活的吧，他们经历了什么呢？为什么变成了现在的样子呢？我每次经过乞丐或是无家可归者的时候，都忍不住问自己这个问题。可现在依然没有答案。

2021 年 4 月

吃草莓是挽留夏天

法国的草莓季是夏天。这与我以往的生活经验不同，在北京时往往3月便开始吃草莓，印象中草莓季很短。入夏以后人们开始关注杨梅、荔枝、枇杷等水果。刚到法国时，2月在超市里见到草莓也会买，1000克草莓整整齐齐地排列在一个薄木板钉成的小箱里，上面覆着一层透明塑料膜，产地是西班牙。法国邻居有些惊讶："还没到草莓季呢！"我才意识到法国的草莓季与我此前经历的草莓季是错开的。不过当时觉得很好吃，直接吃，也用来做草莓挞。西班牙的草莓个头很大，按品种分类属于"圆草莓"（fraise ronde）。那时我还没吃过法国产的草莓。

住在巴黎的日本随笔家川村明子在《星期日就要吃烤

鸡》中回忆了 20 年前她来法国学习时的经历。那是她到法国的第一年，6 月到了，她跟妈妈感叹："法国的草莓居然是现在这个季节上市的！"她的妈妈回答："日本的草莓也是夏天的水果呀。"川村明子很惊诧："哎？不是冬天吃草莓的吗？"她的妈妈解释："在日本，以前草莓也是夏天的水果啊。"回想我的日本旅行，确实是在 1 月和 2 月吃了草莓的。草莓矜贵地摆在盒子里，外面套着一层透明塑料薄膜，价格昂贵的品种每一颗都套着缓冲的泡沫网。

法国农业部的官方网站上写着：草莓的收获季节主要是 4 月到 6 月，有的品种可以持续到初秋。正应了用法语写作的日本作家关口凉子的观察，她在《名残》(Nagori)一书中写道：3 月的草莓令法国人感到惊恐，在 3 月看到草莓类似在冬天见到番茄、在 4 月看到从南部运来的杏子。关口凉子戳破了法国人面对反季水果的惊恐心态的外表——不是因为反季水果滋味不够足，也不是因为这些水果是用工业方式培育的，更不是因为水果可能经过了长途运输从别国来到法国。关口凉子说法国人不愿接受反季水果是因为他们在看到反季水果时感觉自己被抛弃了。这种感觉如同本能，因为反季水果脱离了人们熟悉的季节变化的框架，它们不再与季节相连，这让人无所适从。我在来法国之前对法国的草莓季没有概念，便也感受不到这种被抛弃感和无所适从。

3月来了，草莓上市了。如同芦笋，草莓也是对春天的期待。凭我的观察，法国人还是在3月买草莓的。不过买3月草莓的法国人也是偏心的，他们喜欢法国产的草莓。3月的西班牙草莓比法国草莓便宜一大截，木板条箱的西班牙草莓足有一公斤，价格跟250克法国产草莓相差无几，可人们还是更爱法国草莓。法国人是否觉得如果3月的草莓是法国产的，那么它的反季节特质就相应地弱了一些呢？我顾不上做这么多思考，既没有对季节的执念，也没有法国人坚定支持本国农产品的态度。可我也会买法国产的草莓，因为确实滋味更足，更好吃。

我来法国的第一个春天，先是买了令法国邻居震惊的西班牙草莓，后来法国草莓上市了，又开始买法国草莓。吃过以后我明白了为什么我的邻居之前说季节还不对。我买了法国最有名的草莓品种之一"佳丽格特草莓"（Gariguette），个头不大，比我之前在国内吃到的草莓小，大概 3 厘米长，形状细长，颜色鲜亮，多汁，很甜，但又带一点酸味，不是很腻的甜味，咬开以后整个都是红色的，没有白心。我一下子爱上了法国产草莓。那之后又买了"玛哈森林草莓"（Mara des bois），这种草莓个头更小，滋味丰富，据说很像野草莓，不过我从没吃过野草莓，无法对比。佳丽格特草莓和玛哈森林草莓，这两种草莓在我心中排名不分先后。这两种草莓颠覆了我以往对草莓的认知，原来草莓不一定要追求个头大，个头小的草莓其实别有滋味。

今年 3 月，我看到了一种个头很大的草莓，直径有 5 厘米，摆在水果店的货架上，纸盒上写着法国产，品种名为"克蕾西"（Cléry）。法国人一边觉得上市太早的草莓伤害了他们的感情，一边又忍不住品尝春天的滋味，矛盾心情的平衡点就是法国产的早熟品种。水果店外摆着大片的草莓，红红的草莓放在纸盒里，煞是可爱，我面对它们心情也很矛盾。我的矛盾心情跟法国人不一样，我只是觉得初春的草莓太贵。

关口凉子在《名残》中介绍了日本的审美概念。旬是比季节更短的时间单位，中文的时鲜或许可以对应日文的"旬物"，而每一种给时间分段的单位都还可以被分为三段——走り（hashiri），盛り（sakari），名残（nagori）。走り，初期；盛り，盛期；她的书名 *Nagori* 对应的便是"名残"，余韵。按照这个分类法，初春的草莓对应的是"走り"。

在草莓摊前纠结时，我想到了关口凉子在书的开头写到的一次经历，她从巴黎回东京，去常去的餐厅吃饭，坐在主厨面前，上来的是一份她觉得过季了的蔬菜。她问主厨这是怎么回事。主厨回答："我比你年纪大多了，我不知道明年能不能有机会吃上这种菜了。"是啊，即使每年春天都吃草莓，人生里一共有多少个能吃草莓的春天呢？算下来，人生里不过有几十次草莓季。我干脆地买了草莓，捧回家。克蕾西草莓是产自法国南部的早熟品种，上市虽早，滋味并不寡淡。我对春天的期待得到了满足。

草莓季逐渐展开，我陆续吃了很多草莓。每次遇到草莓都要买，如果不买，在秋天来临的时候就会觉得遗憾，觉得自己没有充分享受春天和初夏。吃草莓仿佛在挽留这段美好的时节。我真是个扫兴的人，3月以来白昼逐渐变长，我却已经在脑中预演了即将到来的冬天。我看着大好的晴天开始担心万一再要过那种阴雨潮湿、白昼短暂的日子该怎么办。同时我也知道这是必然的，季节流转，冬天必然要来。9月开始白昼就会显著变短，小象波米诺也不喜欢冬天，它用鼻子卷起被秋天吹散的蒲公英种子，以此挽留夏天，可是我又没有这么长的鼻子。我就只能吃草莓。

据说世界上一共有600多种草莓，今年我除了吃我的最爱佳丽格特草莓和玛哈森林草莓，还可以探索其他的品种。吃了夏洛特草莓（Charlotte），据说这是儿童喜欢的口味，它的味道很草莓，我怀疑人造草莓味的基准似乎就是夏洛特草莓。还吃了一种名为"女魔头"（Diablesse）的草莓，入口的瞬间感觉很陌生，是从未吃过的滋味，可回味一下，它确实是草莓。草莓的世界真大啊。法国还有一个草莓博物馆。

草莓季开始以后，我多了一件惦记的事，就是关注 Mori Yoshida 甜品店的草莓奶油蛋糕何时上市。在草莓季买这家的草莓奶油蛋糕是我的例行公事，每年都要买。4月中旬，草莓奶油蛋糕上市了！我兴冲冲地去买，到了店里却发现竟然卖光了。草莓奶油蛋糕有两种，一种是长条的蛋糕卷切成的切块，另一种是多人分享的圆形大蛋糕，一层奶油、一层海绵蛋糕、一层草莓，整个蛋糕按这种方式重复两次。工作日上午，草莓奶油蛋糕居然就已经卖光了！我当场决定预订一个大的，店员说最少提前两天，我说好的，那就后天，店员抱歉地说后天已经预订满了，哦，我说那就大后天。终于预订到了。店员给了我预订凭条，说取蛋糕时不必排队，直接进来就好，为了避免排队的人生气，到时请一定给他们看凭条。

取蛋糕当天，跟排在队伍最前方的奶奶展示了预订凭条，奶奶气急败坏："我已经站在这里排了 45 分钟了！"为什么跟我发火呢？她也知道我是不必排队的。我又在她眼前晃晃凭条，跟她说："您也可以预订的。"取好蛋糕，提着方形的大纸盒出来，走在去朋友家的路上，很开心，路上其他人都没有我这么可爱的蛋糕。

跟朋友同享，以蛋糕代替正餐，两人吃完了四人份的蛋糕，轻盈不腻的奶油、香甜的草莓配上松软的海绵蛋糕，语言变得匮乏，只是不住感慨："太好吃了！"我跟朋友说起了那个排队的奶奶的事，朋友说："你应该补一句，跟她说：'您也可以预订的，您之前不知道吗？'保证她又气又说不出话。"哈哈哈！当时没有发挥好。不过，吃了草莓奶油蛋糕，好像就也不在意那些事了，生活常常是苦的，可草莓是甜的。

2021 年 6 月

法国与东北的共通点是炖菜

豆角是夏天的风物诗。此处所言的豆角是 15 厘米至 20 厘米长、2 厘米宽的豆角。在哈尔滨，豆角往往指的是这类夏天上市的豆角；与之相对的是冬天也能买到的细长的豇豆角。在北京上学时，从没吃到豆角，不知是北京不产，还是学校食堂嫌做起来麻烦。到了巴黎，第一次在超市看到豆角，标签上赫然写着"椰子扁豆"（haricot coco plat），忍不住惊呼：哈尔滨被称为东方小巴黎，或许有些道理？哈尔滨北纬 45 度，巴黎北纬 48 度，纬度相近，物产也有类似之处。不过，哈尔滨的豆角品种更多，"后弯腰""黄金勾""架豆王""兔子翻白眼"……巴黎最常见的豆角就是上文提到的"椰子扁豆"。

在哈尔滨，豆角炖着吃。不少人得知我是东北人以后，脱口而出"东北乱炖"。最初我还只是憨笑一下，尴尬地说："东北其实也吃很多别的东西。"后来，我接受了自己的东北人身份，遇到此类情景便认真纠正对方：正如同在法国人们不说"法式吐司"，在东北也找不到"东北乱炖"这道菜。东北确实吃炖菜，可绝不是胡乱炖的。小鸡炖蘑菇、猪肉炖粉条、茄子炖肉、豆角炖土豆……东北的炖菜非常有章法。

东北与法国的共通点之一是吃炖菜。除了刻板印象中盘子大、食物少的精致法餐，法国还有很多家常菜，比如《料理鼠王》中出现的普罗旺斯炖菜（ratatouille）、蔬菜炖肉（ragoût）和卡苏来豆子炖菜（cassoulet），这些菜如果按照中餐的标准来划分，都属于炖菜。近年来在中国也广受欢迎的法国铸铁锅（cocotte）的主要用途之一便是做炖菜。法语里还有一个动词表示小火慢炖，mijoter。

在法国，豆角6月到9月上市。每到夏天我都买，今年也是。在热油中放入葱段、蒜片、姜片，炒香，再放入切成条或块的猪肉，煎炒断生，猪肉的香味与油融合，再放入豆角和土豆块翻炒，倒入酱油和酒，填适量水，盖上锅盖，开始炖。这是我在无数次看妈妈、奶奶、姥姥、婶、姨等女性亲戚做炖豆角的过程中总结出的，是她们各自做法的交集。没有人教过我炖豆角的菜谱，我是看会的。

在巴黎，我如法炮制，因地制宜。

想要做出好吃的炖菜，锅很重要。几年前，我去姨姥家做客，吃了炖豆角。姨姥家是种土豆的农户，除了种土豆，也在小园里种自家吃的菜。姨姥家有一口大铁锅，架在柴火炉灶上，炉膛里木柴噼啪作响，锅里炖着自家种的豆角和土豆，非常香。柴火炉灶似乎有一种魔力，让炖菜变得非常好吃。煤气灶虽然也是明火，可是做出的饭菜却没法与柴火炉灶相比。

我只有电炉盘，不是明火，也没有大铁锅。不过我有铸铁锅。我的第一只铸铁锅是 18 厘米的酷彩（Le Creuset），经典的火焰橘色。尚未了解铸铁锅的脾气时，某次开了过大的火，又没有在一旁照看，锅底的珐琅崩开了一块。这并不影响使用，只是每次看到都觉得遗憾。我便一直用着这口锅。

去年春天，朋友告诉我她工作的百货公司有促销活动，铸铁锅打折，她还有员工折扣，可以折上折，她说可以帮我买。她记得我那口珐琅崩开了一块的锅。我想了一下，决定买。于是，在朋友的帮助下，我用很划算的价格买到了直径20厘米的珐宝（staub）铸铁锅。

我很喜欢铸铁锅，敦实可靠，锅盖严实，很适合做炖菜。而且，铸铁锅的样子也很可爱。铸铁锅唯一的缺点或许是它的重量，直径20厘米的铸铁锅大概有两公斤重。日复一日的刷锅让我的手臂肌肉强壮起来，这也算是一件好事。

准备好了锅，之后便是准备食材。豆角没问题，巴黎也买得到；我早已习惯了用韭葱（poireau）代替大葱；法国土豆种类繁多，每种都有很可爱的名字，不同种类适合不同的烹饪方式，我去市场，问摊主哪种适合小火慢炖，摊主爽快地告诉我适合炖的品种。炖豆角的精髓在于猪肉，排骨也好，不带骨的位置也好，猪肉的油脂与土豆和豆角融合，确定了整道菜的基础味道。我常去的肉店卖几种猪肋排，在法国，猪肋排的常见吃法是煎和烤，我选了脂肪多的肋排（côte de porc échiné）。这种猪肋排的边缘带骨，用厨房剪刀剪下骨头，再把其他部分剪成条。土豆炖豆角的材料就齐了，在巴黎也能做东北炖菜。

帮我买锅的朋友也是东北人，她曾多次招待我吃豆角焖面。我的女性亲戚们常做炖豆角，但是不做豆角焖面。对我而言豆角焖面是朋友的拿手菜。朋友做豆角焖面不是用现成的面条，而是自己和面。我很佩服。面团是我完全陌生的领域，始终掌握不好面粉和水的比例，也摸不透酵母的脾气。我的朋友很会和面，面粉和水在她手里乖乖地变成面团。

锅里已经炖上了土豆和豆角，香味透过锅盖和锅的缝隙散出，她在一旁揉面团、擀面、切面，行云流水。土豆炖得软烂，成沙的土豆融化在汤汁里，豆角也浸满了汤汁，打开锅盖，把面放在上面，添水，再盖上锅盖，让蒸汽焖熟面条。趁着这段时间，朋友开始收拾和面的案板，洗做菜过程中产生的脏碗盘，让厨房重新回到整洁的状态。收拾停当，面也差不多熟了，她打开锅盖，搅拌，让面裹上成沙的土豆和酱汁，豆角焖面便做好了。

这也是我喜欢炖菜的原因之一。炖菜是从容的，切好菜和肉，开始炒，炒完以后填上汤汁，盖上锅盖，剩下的事情就交给火和时间。锅子咕咕作响，让人安心。趁着这段时间可以刷碗、收拾，也可以守着炉灶发呆。炖菜出锅时，灶台是整洁的，水槽是空的，心情是平静的。

我跟朋友学会了豆角焖面。我还是不会擀面条，不过没关系，法国超市卖种类丰富的新鲜意大利面，其中有一种是加了鸡蛋的宽面（tagliatelles），2分钟就能熟，面质筋道，不容易断，我便买来作为手擀面的替代。

至此，我有了自己专属的炖豆角食谱，它的基底是通过观察总结出的我的女性亲戚的菜谱，它的变化来自我与朋友的相识和我在巴黎的生活经验。我复制了家乡的味道，又创造出了自己的菜谱。日剧《东京大饭店》的甜点师在传统法餐甜点的基础上进行改良，她在甜点原有的名字后面加上了"我的做法"（à ma façon）一词作为修饰语，我想我做出的炖豆角也是这样。这是我的炖豆角。

7月初，朋友叫我去她家吃饭。她掏出一袋椰子扁豆，说准备做"扁豆焖面"，刚在网上看了视频，菜谱还没记住，得边看边做。我说："你身边有一个东北人，哪里用得上看菜谱？！我会！"我便跟朋友一起开始准备，她切肉，我在一旁收拾豆角。拿起厨房剪刀，剪掉豆角的两端，这一步我的女性亲戚们都用手掰，我觉得用厨房剪刀剪更省力。法国买得到的椰子扁豆豆荚两侧没有丝，于是也省去了择豆角这一步。朋友的铸铁锅不大，两人份炖了满满一锅，配上面，吃得很开心。朋友说她第一次买椰子扁豆，之前没有吃过。几天后，她告诉我："用新买的大锅又做了一次，好吃！"

6月底，两位朋友来我家吃饭，我做了一大锅"我的做法"豆角焖面。除了酱油和料酒的酱汁，我还喜欢在临出锅时加一点辣椒粉、孜然和胡椒。这些香料不会喧宾夺主，又可以给炖菜增加一些层次。两位朋友都不是东北人，她们很喜欢这道菜，甚至想学着自己做。朋友遗憾地说："可是我没有你这种铸铁锅。"我忽然想起了去年买了新锅后便一直收纳在柜子深处的旧锅，说："我有一个不用了的铸铁锅，但是有一些珐琅崩开了，你们要是不嫌弃的话，就拿走吧。"两位朋友住在一起，可以一起用。朋友有些担心："如果我们把你的锅用坏了，怎么办啊？"我说："锅已经坏了啊，别在意，尽情用。关于这个锅的所有权利都移交给你们了。"于是便把旧锅送给了朋友们。一周后，收到消息，朋友们说锅很好用。我很开心。

去年以来，越发意识到相聚是很宝贵的，与朋友见面的机会不是理所当然的，能见面时要努力互相创造美好的回忆。

围着好吃的饭菜，说真诚的话，这样的经历很好。与人分享是很开心的事，不论是食物，还是其他的东西。

2021 年 7 月

"小型抱抱"蛋糕

　　住处附近有很多家面包店，步行五分钟可达的便有五家。其中一家稍远，却是我最喜欢的一家。面包种类丰富，酥皮点心非常好吃，甜点也很棒，堪称完美。店家还很幽默，法棍面包的长条形纸袋侧面印着："您知道吗？统计表明80%的顾客在没到家之前就已经开始啃手中的长棍面包了。现在就尝尝吧，无需等待！"

　　4月底，我照例去买面包，结账时发现柜台上摆着一个形状类似咕咕洛夫蛋糕的蛋糕，上面插着标签，写着"petit câlin"。蛋糕呈圆台形，侧面是一起一浮的波浪形，表面覆盖着一层糖霜。我非常喜欢朴素的点心，虽然已经买了平时常买的面包和点心，还是决定问一下店员这是什么。我问："这是咕咕洛夫蛋糕的变种吗？"女店员回答："不是。你吃过酸奶蛋糕吗？"我说："还没有。"直接干脆的"没有"和"还没有"是不一样的，"还没有"暗示我虽然没吃过，但是想吃。店员解释："这个跟酸奶蛋糕很像，还加了香草。可以大家一起分着吃，也可以早饭时吃。我切一块给你尝尝。"

她切了好大一块！放在一张餐巾纸上，递给我。当时法国正是第三轮封禁，我犹豫是否能在店里摘下口罩吃蛋糕，可又不想错过与这款蛋糕相识的机会，我马上决定加一块。我很珍惜这种对某物产生兴趣的时刻，这样的情感一旦产生，便要抓住，不肯错过。在书店也是，碰到了喜欢的书，当即就买。网上或许有便宜的二手版本，可是回家以后或许就忘记了这本书，或许就失去了那种想要阅读的冲动。我坚信开卷有益，如果为了省一点钱便错过了与书的相遇，得不偿失。与食物的相遇也是如此。

回家以后，打开餐巾纸，尝了一口，真好吃！难怪店员如此自信地为我介绍这款蛋糕。松软轻盈，看得到香草籽，浓郁的香草味，我说不出它像我以前吃过的什么东西，却莫名感觉熟悉和安心，得到了这块蛋糕的抚慰。"petit câlin"，这名字真好！

"câlin"在法语中的意思是"拥抱"，"petit câlin"就是小型抱抱。曾在公园看到一对父母带着一对双胞胎在散步，小孩子看起来三四岁。爸爸恶作剧，趁两个小孩不注意，把两个小孩都推到了草坪里。草坪很厚，摔一下或许不疼，不过两个小孩都很惊讶。爸爸试图把他们拉起来，其中一个小孩不肯自己爬起来，说："要抱抱！（Fais-moi un câlin！）"他说了不止一遍，爸爸抱了他，小孩才心满意足地爬起来。另一个小孩什么也没说，自己爬了起来，这时妈妈走过来，也给了这个小孩一个拥抱。当时我坐在长椅上，这一切都发生在我面前，那个妈妈腼腆地对我笑笑，眼神好像在说："我们家这个爸爸真不省心！"蛋糕的名字让我想起了这个场景，不过那时我还没有想过这个蛋糕为什么叫这个名字。音译和意译相结合，我擅自将其翻译为"小卡兰蛋糕"。

小卡兰蛋糕可以整个儿买，也可以买切块的。一横一纵两刀，蛋糕被分成四块。我第一次买的就是这样的一块，很快吃完，我又去买。可是柜台上却没有小卡兰蛋糕的踪影，我问店员："你们还有小卡兰蛋糕吗？"这次是一位男店员，他回答我："小卡兰蛋糕周五、周六和周日有，其他时间我们不做。"原来如此，看来很多人买这款蛋糕是跟家人一起吃的。周末的上午吃上一块蛋糕，配上一杯咖啡，想必很不错。

接下来的周末，我又去。这次买到了，而且买了一整个。朋友来我家玩，我给她尝了小卡兰蛋糕，她非常喜欢，让我带她去买。到了店门口，我问她要买切块的还是整个儿的，她说："买整个儿的！来都来了，买上一整个儿，几天的早饭就有了。"进店以后，却发现没有整个儿的了，只剩两块切块，朋友便把这两块都买了。最初为我推荐小卡兰蛋糕的店员也在，她对我笑笑，很高兴的样子。

从此，我经常周末去买一整个小卡兰蛋糕。我在春天与小卡兰蛋糕相遇，这场相遇让我养成了新的习惯，小卡兰蛋糕成了周末的同义词。某个周五，两个朋友说周末想来我家吃饭，跟我约具体时间。我说："我买了非常好吃的蛋糕，周末你们来了可以吃。"朋友们有些困惑，我马上解释："我买的是干蛋糕，能放几天的那种。"砂糖不仅为食物增添甜味，还能让食物保存得更久。曾经，砂糖是一种保存食物的手段，比如：人们为了保存夏天的水果，为了在秋天和冬天也能吃到夏天的果子，便往水果中加入大量砂糖，制成果酱。关口凉子在《名残》一书中总结了古人保存食物的手段——盐渍、盐卤、糖渍、放在酒中保存、使之干燥或使之发酵。她认为：在还没有冰箱的年代，保存好的食物让人安心，人们看到家中还有保存好的食物，便觉得生活可以继续下去。对我来说，小卡兰蛋糕便是这样一种令人安心的存在。

5月底，我照例去买小卡兰蛋糕。店门口的小黑板上写着"母亲节的周末"，法国的母亲节是5月的最后一个周日（如果与圣灵降临日重合，则推迟到6月第一个周日），跟国内的日期不一样。我说要一整个儿小卡兰蛋糕，店员说："我去后面看看有没有还没包成礼盒的。"小黑板上推荐了小卡兰蛋糕，哦，原来柜台上摆着的礼盒就是小卡兰蛋糕。店员回来了："都包在礼盒里了，礼盒装的您介意吗？"在法国，我是外国人，无亲无故，庆祝母亲节的可能性微乎其微。店员应该是想到了这一点。我说："完全不介意！"便买了一个礼盒装的小卡兰蛋糕。正要离开，店员忽然叫住我："刚烤好的费南雪你吃吗？送你两个！"果断要吃！我从她手里接过了放在餐巾纸上的费南雪。

方方正正的纸盒上，红色带子系成蝴蝶结，侧面贴着"母亲节快乐"的贴纸。我并不庆祝母亲节，便把贴纸那一侧朝内，提着纸盒继续采购。刚进肉店，跟师傅打了招呼，还没来得及说要什么，师傅指指纸盒，问："这是送我的吗？"我还没来得及回答，旁边的一个顾客说："才不是呢，这是给我的！"这两人怎么能用一本正经的语气开玩笑？那个顾客接着说："哦，不是给咱俩的。纸盒上写着'母亲节快乐'呢！"玩笑结束了。我买好了肉，正要往收银台走，肉店的另一个师傅出来了，伸手要拿我手中的礼盒，我很诧异。他装作委屈的样子，说："我以为是给我的呢！"说完马上笑起来。法国男人似乎有一种随时都能逗人的才能。

终于带着礼盒回了家。母亲节限定的小卡兰蛋糕果然与平常不同，糖霜是笑脸的形状。我发了图片给我的朋友豆。她之前一直觉得小卡兰蛋糕是一种秃头蛋糕，感觉上面好像缺了点什么。我说："这次不是秃头蛋糕了！"

6月咖啡馆重开，我跟导师约了见面，坐在咖啡馆的露天座上聊论文。我带了小卡兰蛋糕给他。店里没有整个儿的了，我便买了两个切块的。我说："好久都没旅行了。不旅行，就没法买特产。给你蛋糕，这是我的街区的特产（spécialité）！"我也成了主动出击、先开玩笑的人了。他很开心地接过了纸盒。

他点了咖啡，跟服务生说："上次来你们说巧克力没有了，我就喝了没有配小块巧克力的咖啡。今天你们可得有啊！"服务生也很配合："哦，我们今天也没有巧克力。"但又马上补了一句："我们今天有小饼干！"我非常佩服法国人这种在日常生活中随时撒娇或逗人的能力，一来一往的对话，生动活泼。咖啡上来以后，导师如愿以偿地把小饼干浸在咖啡里吃了。过了一会，又把我送他的蛋糕盒子打开，他说："啊这么大的蛋糕，如果在这儿吃，店里的人会为难的。我以为是小块的来着。"他没吃够。

我说："这个蛋糕叫 petit câlin，据说是一种萨瓦地区的名产。"他说："是的，这个是 biscuit de Savoie。"看来他非常了解。我以为"biscuit de Savoie"的意思是萨瓦地区的饼干，便问他："这明明是个蛋糕，怎么能说是饼干呢？"他解释说："这里说的 biscuit 不是那种 biscuit，而是指烤过两次的蛋糕。"我想起了母亲节前去面包店时小黑板上写着的介绍：小卡兰是萨瓦地区的名产，是一种用红糖做成的 biscuit，内里柔软，外壳松脆。确实是 biscuit，导师说得没错。

我又想起拉丁文课上老师讲过的单词，bis 是两次的意思。法国现在也还用这个词，最常见的用法是用在门牌号上，比如 46 号和 48 号之间新建了一座楼，这座新建的楼就是 46 bis，这种做法的方便之处在于不必变更整条街的门牌号。法国参议院位于沃日拉尔路（Rue de Vaugirard），参议院的地址是沃日拉尔路 15 号，旁边的建筑上的门牌号分别是 15 bis 和 15 ter。bis 是"两次"，ter 是"三次"，如果两座建筑之间插入一个新建筑，就用 bis，如果再插入一座建筑，就用 ter。

"bis"是"两次"的意思，而"cuit"是"被烤"的意思。"biscuit"的字面意思是"烤两次"，所以看到"biscuit"就当成"饼干"的反应其实不妥当的，需要根据语境来翻译。据说最早的"biscuit"起源于中世纪，是为出海的水手准备的，烤过两次的饼干能保存更长时间，适合在航程中吃。而"biscuit savoyard"还是应该理解为"萨瓦地区的蛋糕"。

我跟导师确认："所以 biscuit 的意思就是烤两次？"他说没错。我非常喜欢法国人这种热衷谈论食物的劲头，广播里也有专门的美食节目，每周日上午 11 点有一档广播节目叫《我们将品尝》（On va déguster）。我习惯周日上午去市场采购，回家以后差不多是 11 点，打开收音机，一边整理买回来的东西，一边听这档美食节目。这档节目的主持人名叫弗

朗索瓦 - 雷吉斯·高德利（François-Régis Gaudry），他每周六上午 11 点主持另一档美食节目，名叫《博学之味》（Saveurs savantes，这两个词开头的音一样，是文字游戏）。正如这个节目的名字所言，食物里充满了知识。这些认真讨论食物的节目让我学到了很多，我也开始跟人讨论食物。

跟导师告别，回家以后我又查资料，了解萨瓦蛋糕的历史。据说这种蛋糕起源于 1358 年，当时神圣罗马帝国皇帝查理四世到萨瓦访问，萨瓦公爵阿梅迪奥六世（Amédée VI）在萨瓦的首府尚贝里（Chambéry）设宴招待查理四世。萨瓦公爵请他的厨师做了一款轻盈的蛋糕，蛋糕的形状代表萨瓦公爵领地的地貌——延绵的山谷和平原，蛋糕的底座象征帝国的王冠。原来如此，蛋糕侧面的装饰并非我最初以为的波浪，而是山谷。这款蛋糕的配方也不是一成不变的，路易十四的厨师长弗朗索瓦·玛西亚洛（François Massialot）曾对萨瓦蛋糕的配方进行改良，加入了肉桂、橙花和柠檬屑。

从 14 世纪的萨瓦蛋糕，到我吃到的小卡兰蛋糕，蛋糕的配方或许发生过无数次改变，不同的甜点师或许也有不同的配方。我查了很多资料，可还是不知道这个蛋糕为什么叫 petit câlin。为了搞清这件事，我决定去问问面包店的店员。

照例买面包，正是最初切了一块小卡兰蛋糕让我尝的店员接待我。我对她说："可以问您一个问题吗？您知道小卡兰蛋糕为什么被叫作小卡兰蛋糕吗？"她说："或许是因为蛋糕的质地很柔软，吃起来感觉像一个拥抱一样抚慰人心？"她的同事也凑过来，对我说："是吧，是因为蛋糕里面很软吧！"我又问："所以跟 câlin 牌的乳制品没有一点关系，是吧？"店员肯定地回答我："肯定没关系，这个蛋糕里面没有加那个。"我的疑惑解开了，"小卡兰"蛋糕的字面意思就是"小型抱抱"，我最初的理解没有错，蛋糕的名字是一个修辞。那么，或许该叫它"小型抱抱蛋糕"吧。

夏天到了，巴黎人纷纷去度假。一波人 7 月度假，另一波人 8 月度假。不论怎样，都要度假。8 月到了，住处附近的两家面包店关门了，门口贴着通知，"9 月 1 日见"，"8 月 25 日恢复营业"。书店、肉店、鱼店、餐馆、宾馆……门上都贴上了类似的通知。连市场都只有平时三分之一左右的摊位。我平常去买"小型抱抱蛋糕"的店没有关闭，真是一件幸事。这家店的店员不是不去度假，而是轮流去度假，这样店里一直有一定的人手，还能维持。4 月以来，我养成了买"小型抱抱蛋糕"的习惯，7 月的一个周末，我像往常一样说：

"我要一整个儿小型抱抱蛋糕！"店员说："很遗憾，假期我们不做了，不过等秋天我们还会再做的。"虽然没有买到蛋糕，还是很高兴。假期的气氛无处不在，人们都在夏天放松自己，洗去上一年的疲惫，修好用了一整年的自己。度假让整座城市的气氛都松弛下来，走在路上心情也轻快起来，这种氛围对我而言堪称另一种"小型抱抱"。

2021 年 8 月

赞美蛋糕和友谊

　　我喜欢吃甜食，除了去店里买，偶尔也自己做。刚到巴黎那年，抹茶的风潮已然从日本刮到了法国，巴黎有一些日本风格的点心店做抹茶点心。有的把传统提拉米苏上的一层可可粉改成抹茶粉，装在一个透明的杯子里，是为抹茶提拉米苏，放在柜台里显得非常可爱；有的做长条形抹茶蛋糕，在绿色的表面上进行装饰，营造所谓的东方趣味，蛋糕的名字也很配合，叫"竹林"……抹茶在巴黎似乎只跟精致有关，我一直没有遇到朴素的抹茶点心。

　　望着公共厨房的大烤箱，我忽然想到：其实我也可以自己做呀。我开始读《小岛老师的蛋糕教室》，这本书的作者小岛留美（小島ルミ）在日本东京都小金井市开了一家名为

oven mitten 的点心店，卖朴素的烤点心。我非常喜欢小岛留美的风格，于是打算按照她的食谱学做抹茶磅蛋糕。她的书对初学者很友好，从选购工具、基本技法教起，有具体的文字说明，还配有图片。烤箱已经有了，其他的工具就按小岛老师的教材来买吧。

住处后面的一条街上就有一家厨具店，每次经过都忍不住透过橱窗张望。店不大，但厨具种类很丰富。店员是一个五十岁左右的女人，看起来很和善的样子。我决定去这家店买烤蛋糕用的工具。进店以后，跟店员打招呼。她也跟我打招呼，并且问我是否需要选购建议。我说想买一个做点心用的盆、一把刮刀、一个打蛋器。她问我："你是费杭迪的学生吗？"费杭迪（Ferrandi）是一所有名的专业学校，有法餐、甜点、酒店管理等专业。确实有很多外国人特意到费杭迪求学。厨具店离费杭迪很近，店员提这样的问题也很合理。我回答她："我不是。我不是专业的，只是想自己烤烤蛋糕。"她说："没关系，即便不是专业的，也需要好的工具。如果你买不好的，用起来不顺手，之后你还要重新买好的，算下来要花更多钱。不好的工具用起来也不顺手。"我觉得她说得非常有道理，于是接过了她推荐的盆、刮刀和打蛋器。价格不低，不过看起来质量很好。我被她的一番话说动了，果断付钱。

店员推荐的工具都很好用，小岛老师的教材也很清晰易懂，我成功地做出了抹茶磅蛋糕。磅蛋糕是从英文 pound cake 翻译过来的，在法文中类似磅蛋糕的蛋糕被称为 quatre-quarts。quart 的意思是四分之一，quatre 的意思是四。之所以叫这个名字是因为最初制作这种蛋糕使用的四种材料——面粉、砂糖、黄油和鸡蛋用量相同，每种材料都占总量的四分之一。据说这种蛋糕的历史可以追溯到 18 世纪初。现在的食谱比例有微调，但蛋糕的名字保持不变。自己做蛋糕之前，并不知道原来做蛋糕需要这么多糖和黄油。一边做一边想 pound cake 或许应该采取大家戏称的译名——胖蛋糕。

我做过很多次这款抹茶磅蛋糕，自己吃，也分给朋友。烤蛋糕是一件让我感到安心的事，生活中的种种事都面临不确定，可是只要按照配方逐步操作就能做出好吃的蛋糕，蛋糕会给我反馈。烤箱里传出好闻的黄油香气，是微小的成就感。不过手打蛋白实在辛苦，后来我买了电动打蛋器。那年12 月，宿舍组织大家一起庆祝圣诞节。选定的日期不是圣诞节当天，而是圣诞节前一周左右的一天，因为法国同学们圣诞节前就要回家，跟家人一起庆祝。在提前庆祝的这一天，参加的人每人要带一些食物，之后大家一起吃。我带去的便是按照小岛老师的食谱做的抹茶磅蛋糕。一起吃饭的人很多，平时常用的两个模具不够用，我把能进烤箱的铸铁锅也用上了。一些没有吃过抹茶的邻居将信将疑，吃了一口之后便露出了笑容，抹茶磅蛋糕大获成功。还有邻居问我这是怎么做的，我说："这是我按照一个日本甜点师的教材的中文版做的，我把食谱翻译成法语，之后给你看。"

后来，我搬了家，新住处没有烤箱。我便把电动打蛋器和磅蛋糕的模具送给了有烤箱的朋友。

去年秋天，邮递员按响了我的门铃，说："有你的包裹，下楼拿吧。"我有一个好朋友住在德国，她说要提前送我圣诞节礼物，我想这肯定是她送我的礼物。从邮递员手里接过巨大的纸箱，乘电梯，进门以后立刻拆开，原来是烤箱！烤箱侧面是奶白色的，拉门是浅蓝色的，整体风格很复古，非常可爱。我拍了照片，给朋友发消息，说收到了烤箱。我非常喜欢这款小烤箱。朋友从来没有来过我的新住处，她选的烤箱却正正好好能放在我的柜子上，尺寸正合适，惊人的默契。

我开始用这款烤箱。秋天和冬天都很适合用烤箱，烤箱运转时散发的热气让房间也暖和起来。没了电动打蛋器，我也懒得手动打发，便开始尝试一些简单的食谱。我做过黄油小饼干。一口气搓出两条面，其中一条加可可粉，做成巧克力味，另一条保持原味，用刀切片，摆在厨房纸上。形状并不规整，但味道很好。也尝试把自己做好的苹果泥包进超市卖的现成酥皮里，算是自制的苹果派。之后又尝试了巴斯克芝士蛋糕，也很成功。我爱上了我的小烤箱。

今年年初，接手了我的电动打蛋器的朋友来我家，跟我告别，她要去瑞士半年，顺路把电动打蛋器还给我。我说："我之前是送给你了，没想要回来啊。"她说："反正我也用不上，也不想留给房东，还是带给你吧。你现在也有烤箱了。"我便接过了电动打蛋器。几天后才发现只有一个打蛋棒，本来一共有两个的，我在橱柜里翻找，可是没有找到，最终还是决定联系朋友。她惊呼："啊，实在不好意思！我误把一个打蛋棒装到行李里了。"朋友已经在瑞士了。她说要把手里的打蛋棒寄给我，我说："不麻烦了，我现在也不用，等你之后回来带给我就好。"她说："没事，我给你寄！顺便还能给你寄瑞士的巧克力。"很快，我收到了一个包裹，缓冲的气袋包着成板的巧克力，都是我没有吃过的，看起来都很不错。可是，打蛋棒在哪里呢？我打电话给朋友，她说："啊，我光顾着买巧克力了，太激动了，忘了放打蛋棒。"

没关系，也有不用电动打蛋器就能做的点心，比如巴斯克芝士蛋糕。这款近年非常流行的蛋糕是 20 世纪 90 年代在西班牙圣萨瓦斯提安（San Sebastián）诞生的。该市一家名为 La Viña 的餐厅的招牌点心是一款黑乎乎的芝士蛋糕，表面看起来像烧焦了似的，这款蛋糕在 La Viña 餐厅被称作"烧焦芝士蛋糕"。La Viña 的主厨公开了这款蛋糕的配方。2018 年，这款蛋糕在日本流行起来，被称为"巴斯克芝士蛋糕"，简称"巴斯芝"（バスチー，Baschee）。很多点心店制作这款蛋糕，罗森等便利店也开始贩售，巴斯克芝士蛋糕大获成功。我在网上找到了一个日本甜点师教做巴斯克芝士蛋糕的示范视频，也开始自己做。

巴斯克芝士蛋糕需要的材料不多，鸡蛋、砂糖、费城芝士、鲜奶油和一点点面粉。跟纽约芝士蛋糕不一样，巴斯克芝士蛋糕没有纽约芝士蛋糕下方的饼干底，也没有需要费力打发的步骤，准备起来也很快，我便常常做。

8月底，我要跟两位朋友去餐馆吃晚饭。当天下午我忽然想起之前曾跟朋友们说起这款蛋糕，却一直没有机会给她们尝。于是决定赶紧做一个，带去给她们。我剪开一个纸袋，折成一个开口的小盒子，用透明胶固定好，把外面包着烘焙纸的蛋糕放进去。纸袋不够硬挺，没法支撑起蛋糕。我又拿过纸箱，剪下一块纸板，放在纸袋底部。蛋糕出炉了，等不及让它凉下来，就已经到了要出发的时间，于是只能把还很热的蛋糕放进纸袋里。在地铁上，热乎乎的蛋糕散发出迷人的奶酪香气，人们四处张望，想知道是哪里来的味道。我很不好意思，又很无奈，最终的解决方案是故作镇定地坐好。

终于到了餐厅，我递上纸袋，说："我带了一个超好吃的蛋糕。"本来是希望朋友们带回家吃的，而且巴斯克芝士蛋糕理论上应该是凉了以后再吃的，可是朋友们闻到蛋糕的香气以后想马上就吃。在餐厅断然不能明目张胆地吃外带食物，朋友每人偷偷挖了一口，又都想挖第二口，最终还是忍住了。她们都很喜欢这款蛋糕，说："热的时候也好吃呀！"我很开心。朋友问我这是怎么做的，我大致说明了一下，她说："我想学，你教我吧！我去你家学。"我说："好啊，你哪天来？"她说："明天怎么样？"

第二天下午，她来了。我们先一起去超市买材料，我告诉她我习惯买的奶油芝士和鲜奶油的牌子。买完以后，我一步一步地教她做。给材料称重，用刮刀压奶油芝士，把砂糖和面粉混合进来，再混合蛋液，最后放鲜奶油。

我还在用刚来巴黎那年买的工具，店员阿姨说得没错，好的工具物有所值。搬家后，我没有再买蛋糕模具，而是用能进烤箱的碗当模具，效果也不错。把面糊倒进碗里，然后把碗送进已经预热好的烤箱，趁着蛋糕在烤的工夫刷碗、清理台面。

忙完以后，朋友说："啊，我都饿了！我们一起吃晚饭吧，我请你吃 pizza（比萨）！"于是去附近的 pizza 店打包外带，在点单的屏幕上选好了 pizza，加了鸡肉和两种奶酪，还加了会让意大利人崩溃的菠萝丁。我们大口咬着 pizza，旁边的烤箱里渐渐传出了芝士蛋糕的香气。朋友说："你要不开个店吧？就卖这个蛋糕！我在巴黎吃过的芝士蛋糕都没有这个好吃，肯定有商机。"我说："可是只卖一款能行吗？"她又说："你还会做抹茶磅蛋糕呀！可以卖这两种！"

年初去了瑞士的朋友回来了，她在巴黎重新找了房子，邀请朋友们去她的新家。我做了巴斯克蛋糕带去。她的新家离我家不远，我没有再费力气用纸袋和纸箱做包装，连蛋糕带碗一块带去了她家。装蛋糕的时候我对着灶台出神，忽然想到：这个绿色的烤碗是今年年初朋友送我的新年礼物，我用的布袋是两年前的秋天另一个朋友从日本旅行回来带给我的纪念品，我的烤箱也是朋友送我的礼物，我真幸运啊。我收到了很多礼物，它们不仅是物品，还是情谊。我带着这些情谊编织成的蛋糕去了朋友的新公寓。

来了好多人，没有足够的椅子，便坐在地板上。大家轮流传装着食物的碗，一边吃一边聊天。吃完饭，我去冲了无咖啡因的咖啡，把巴斯克芝士蛋糕切开，大家一起分着吃。那个曾找我要过抹茶磅蛋糕菜谱的法国女生也来了。她说："我特别喜欢你的食谱，我在自己的公寓做过，去爱丁堡交换的时候也做过，还回我父母家做过。你的食谱跟着我到处旅行。"我说："那不是我的食谱，是一个日本甜点师的食谱，我只是翻译了一下。"

大家又开始讨论正在吃着的巴斯克芝士蛋糕，那个法国女生说："按法国的标准，这个蛋糕类似芝士蛋糕（gâteau au fromage 或 cheesecake），感觉很美国。"我哭笑不得："这个蛋糕据说是一种巴斯克地区的蛋糕，而我是按一个日本甜点师的视频学会的。"巴斯克地区有一部分在法国，有一部分在西班牙。在法国确实有一种叫巴斯克蛋糕（gâteau basque）的东西，不过跟最近流行起来的巴斯克芝士蛋糕完全是两回事。看来"巴斯芝"的风潮没有像抹茶那样传到法国。不过没关系，还是不讨论这些争议了，吃蛋糕就好了。

最近我跟朋友去看了丹麦画家柯罗耶（Peder Severin Krøyer）的画展。画展名为"蓝色时刻"，展出了这位画家19世纪下半叶在丹麦斯卡恩（Skagen）海边创作的作品。其中最令我感动的是一幅名为 Hip, Hip, Hurrah！的画。19世纪80年代至90年代，来自丹麦、挪威和瑞典的画家都聚集在斯卡恩，他们都在这座海边的小城创作。这幅画展示的就是在斯卡恩的画家们聚餐的场景。他们在室外吃饭，举杯喝酒，一起聊天。此前也多次看过表现聚餐场景的画，可是当时的感触远不及现在强烈。现在，我已经明白了相聚并非理所当然。

画展上还展出了柯罗耶的另一幅作品，名为《桌子已经放好了》（*La table est mise*）。这幅作品是柯罗耶为准备创作 *Hip，Hip，Hurrah*！所画的小幅作品。我想象出了那个铺桌布的人的心情：朋友们即将聚在一起，说真诚的话，友爱地交谈，度过美好的时光。这种充满期待的心情真好啊。

在柯罗耶的画中，男性画家们举着香槟杯，大家正要碰杯，气氛热络。席间还有三位女士，她们手里也都拿着香槟杯，可其中一人在照看小孩，另外两位坐在椅子上，没有起身跟在场的男人们一起碰杯，而是用目光仰视他们。

办画展的美术馆在森林边上，看完画展出来，我跟朋友去森林里散步，在小湖边的长椅上坐着晒太阳。有些树的叶子已经开始变黄，秋天来了。用烤箱的理想季节来了。今天收到来我家学做巴斯克芝士蛋糕的朋友的消息："我下单了烤箱！"

看完画展后，我对柯罗耶非常感兴趣，开始查资料，这才知道柯罗耶的妻子玛丽·柯罗耶（Marie Krøyer）也是一位画家。不知她是哪幅画上的哪位女性，毕竟其中的两位女性都没有正脸。

我忽然感觉很幸运，我跟朋友们共度时光，而且她们在我的眼中都有正脸。

赞美食物，赞美友谊。

2021 年 9 月

去森林捡栗子

9 月末，朋友提议一起去森林捡栗子。巴黎近郊有几片森林，通过公共交通就能到达。我们选定了位于巴黎西南部的默东（Meudon）森林。捡栗子是秋天特有的活动。9 月末到 10 月末是栗子成熟的季节，在不用于贩卖的前提下，个人可以在公共森林内采集适当数量的栗子。乘地铁九号线在终点站塞弗尔桥站下车，刚从地铁口出来就看到了在炭火炉子前烤玉米的小哥。在此之前，我只见过用炭火炉子烤栗子的摊位，从未见过烤玉米，果断要买。我没顾上征求朋友的意见，直接说了要两穗。小哥迅速把已经烤好的玉米放到炉子上回温，热好以后往玉米上撒了一层薄盐，放在餐巾纸上递给我。我把玉米装进双肩包，去坐开往森林中央的公交车。

背着双肩包，在晴天的下午坐在驶在公路上的公交车里，有种小学生去秋游的心情。

很快到了名为森林的那站，公交站台就在森林边上。进入森林，空气也变得清新起来，摘掉口罩，大口呼吸。阳光照进林间，变得柔和起来。森林里地面平整的散步道，走起来十分轻快。工作日的森林人很少，偶尔有散步的人经过，还有人遛狗，骑着山地车的人弓着腰一闪而过。本以为需要费力寻找的栗子散落在散步道两旁，9月底还没到栗子成熟的盛期，掉落的栗子球外表的刺还是绿色的，在地面上十分显眼。有的相对熟一些，已经裂开了，几颗小栗子在栗子球里抱团，栗子顶端的小穗探出来，非常可爱；大部分栗子球是紧闭着的，需要踩几下，栗子才能从里面滚出来，不过这种栗子都很小。我跟朋友最初还很有兴致，很快便放弃了。栗子球外壳的刺非常扎手，不小心碰到的话非常疼，要格外小心。有的栗子球已经空了，不知是更有经验的采集者还是小动物捷足先登了。朋友说："小动物们每天都在这儿。"

因为要捡栗子，目光几乎都停留在低处。灌木丛里还有一些未被夏天的采摘者注意到的黑莓，我跟朋友约好明年夏天来森林采黑莓。我在落叶间发现了橡子，叫朋友来看。她问我橡子是什么。我想起了去年夏天才第一次看过的《龙猫》，解释说《龙猫》里小女孩们刚搬家的时候在新房子里和家附近的森林里发现的果实就是橡子。

去年之前，我对森林并无特殊的感情，甚至没有思考过森林对于人类而言意味着什么。去年冬天，我在写论文的过程中偶然撞上了与森林有关的内容，于是开始阅读与中世纪的森林有关的研究。在中世纪的文学作品中，森林不是人类居住的地方，而是异事发生的场所。野兽出没，骑士在此打斗，不想与俗世接触的隐修士在森林里静修。而实际上中世纪的森林并非只有文学作品中神秘的一面，当时人们其实经常去森林，森林绝不是非日常的存在。森林是自然资源的宝库，人们在森林中采集莓果、蘑菇、栗子、蜂蜜，捡树枝用于取暖，砍伐树木用于建造房屋。此外，人们开垦森林，将森林变成用于种植的耕地。森林还被用于养猪，秋天到了，猪倌把猪赶进森林，让猪吃掉落的橡子。15 世纪的《贝里公爵的豪华祈祷书》(*Les Très Riches Heures du duc de Berry*) 中表现11 月的细密画 (miniature) 中呈现的就是猪在森林中吃橡子的场景。

当时我还不知道森林是20世纪历史人类学的重点研究对象，我很困惑的一点是，猪自己在森林里，难道不会跑掉吗？我跟导师表达了我的疑惑，他跟我解释：猪在森林里是半散养的，可以用围栏把猪围起来，而且可以给猪打上记号，猪不会跑掉的。他说起猪吃橡子的事，露出了美食家的表情："那时的猪应该能做成特别好吃的火腿！"然而，并不是任何人都能擅自把猪赶进森林吃橡子，让猪吃橡子（glandée）是一项领主赋予的权利。在中世纪，人们从10月初到11月底让猪吃橡子，让猪长膘，之后就把猪杀掉、腌好，为冬天做准备。我跟朋友讲起这些，忽然意识到：正在森林里捡栗子的我们跟中世纪的人们一样，都是在享受来自大自然的馈赠。正如历史学者宝琳·盖纳（Pauline Guéna）2021年9月20日在法国国际广播电台中的《历史课》（Le cours de l'histoire）节目中所说的那样："人类在很长一段时间里都不仅是种植者，还是采集者。"

我想起岩村和朗的绘本《14只老鼠的秋天进行曲》。那是去年秋天我在绘本图书馆借到的绘本之一。老鼠一家人在秋天的森林里采集果实，正好赶上了森林中的庆典。今年秋天，我买了咖啡，回家途中经过了开心学校出版社的书店，忽然想起了这本一年前看过的与秋天有关的绘本,于是进店买了一本。还是想自己有一本。结账时店员问我是否需要礼品包装,我说:"不用了,这是给我自己的。"她笑笑,我也是。我重读《14只老鼠的秋天进行曲》,这次比去年更加注意橡子和栗子。岩村和朗画的森林跟我去的森林好像啊。我去的森林里或许也有我没看到的小老鼠家族。

捡了不少栗子以后,我们在散步道边的木质长椅上休息,我从背包里掏出烤玉米,跟朋友一人一穗。她说:"烤玉米原来很好吃啊!我以前很少吃烤玉米,我之前总是吃嫩的玉米。"炭火烤的玉米配上薄盐,糯玉米的颗粒很有嚼劲,非常好吃。朋友又说:"在森林吃什么都会感觉好吃吧!"森林确实有这样的魔力。

休息好了,我们继续在森林里散步,朋友在手机导航里看到不远处有一个小池塘,我们决定走去那里。坐在池塘边,草地很软,雨季还没有开始,坐在地上也不觉得潮。我掏出保温瓶,把咖啡倒在杯子里,配上黄油小饼干。在池塘边晒太阳,偶尔吃到饼干里的海盐粒,非常好吃。鸭子在水上游泳,时不时把头扎到水下吃东西,周围安静得鸭子拍打翅膀的声音都听得很清楚。

太阳即将落下，斜斜的阳光已经照不进森林，气温开始下降。我们决定离开池塘，走出森林。朋友说："森林里好舒服啊，空气好好，真不想回家啊。"本来在手机导航上找走出森林的路线，却无意间发现了森林深处有家餐厅。看了一眼介绍和照片，感觉非常棒，我跟朋友提议："既然还不想回家，就在森林里吃晚饭吧！"我们一拍即合。保险起见，我给餐厅打了电话。他们确实开门，而且还有当天晚上的位置，果断预约。电话那头的服务生说："那一会儿见了！"

我们开始沿着导航往森林深处走。朋友喊我看栗树枝头毛茸茸的青色栗子球，真可爱啊。我仰头看，原来这一片都是栗树啊，要记下这个地点，等过一阵子栗子成熟了，再来这里捡栗子。我正想在导航软件上做记号，旁边忽然有人用英语问我："你在找什么？"我顺着他的话，正在思考该如何用英文解释当下的场景，忽然意识到了对面的人是有法语口音的，我直接转回法语，说："我在找栗子。"面前的中年男人戴着头盔，推着山地车，他应该是经过的时候以为我跟朋友在森林里迷路了吧。他露出放松的神情，笑着说："等栗子成熟了，就会落下来的，到时候来捡就行了。你打算怎么吃？"我说："烤着吃。"他说："还可以做成栗子泥，加上巧克力，做个蛋糕，简直了！"他又说："你们看上去很和善的样子。"我跟他从栗子的吃法聊到了来森林的交通路线，他强烈推荐有轨电车，又讨论了彼此的工作和学习。他说曾在日本工作过，我问他会日语吗，对话忽然切换成了日语。我不知道跟他说了多久，他说："天要黑了，该离开森林了。"我说："不不，我们要去那边的餐厅。"他问："那我们之后如何再见面呢？"我猜这是暗示要交换联系方式了，果断回绝："我其实不是经常来这边，祝您度过一个愉快的晚上！"他也没有坚持，同样说了告别的问候语，便跨上自行车离开了。

我跟朋友又重新按照导航的路线往餐厅走，朋友问我为何没有给那人联系方式，说："如果是我的话，或许就告诉他手机号码了。"我跟她讲起了看过的日剧《森林民宿》，小林聪美饰演的女主角在森林里经营一家民宿，第一集里来投宿的一个男人很绅士，帮她干活，他们两人一起吃晚餐。绅士喝着红酒，吃着汉堡肉，赞美食物，问："这道菜叫什么呢？"明明是日本的家常菜，这位绅士却不知道。第二天，绅士不告而别，在房间里留下了松茸作为留宿的报答。这位自报家门名叫"常木"（常き）的男人其实是狐狸（きつね）变的。看完《森林民宿》以后，我总感觉森林里偶然出现的陌生男人都是动物变的。朋友哈哈一笑："不会的啦！这样想的话，对方搞不好也觉得我们是动物变的！"

穿过森林，经过一个网球场，便到了餐厅。天色暗下来，网球场的灯光下，人们挥着球拍，球场旁的路旁停着车。我跟朋友报上预约时的姓名，得到了一个大屋顶下的露天座位，旁边还有烤灯，十分惬意。菜单上的特色菜是烤鸡和烤鸭，店里还有一个烧木柴的明火炉子，烤鸡串在钳子上，在火上烤。我点了油封鸭，朋友犹豫不决，到底是要鸭腿还是鸭胸呢？最终点了包含油封鸭、煎鸭胸和一块烤鸭的鸭子三吃。还点了苹果酒。

朋友说："真好喝啊！"她一下子爱上了苹果酒。晚上在餐厅喝酒时，好像常常有一种自己真的是个大人了的错觉。我说："这家餐厅好像以前我希望被带来吃饭的餐厅啊。现在可以自己来，感觉好棒啊！"苹果酒很好喝，我们又续了一扎。油封鸭非常好吃，堪称我吃过的油封鸭里排名第一的，又想起下午在池塘边看到的鸭子，我说："这不会是池塘里的鸭子吧？"朋友说："不会的，不会的！"酒足饭饱，结账时已经过了晚上十点。

　　微醺，摇晃摇晃地走着，好像被森林的魔法笼罩，非常快乐。网球场边停着的车少了很多，这才意识到来吃饭的其他人是开车来的。森林已经全黑，看不到路，可是必须得出去。我跟朋友打开手机的手电筒，找到了来时走的散步道。深吸一口气，决定快走，尽快出森林。夜晚的森林比白天还安静，细小的声音听得格外清楚。栗子球从枝头掉落，啪嗒啪嗒，我在想：万一被砸到了，会不会特别疼？小动物簌簌跑过，不知道是松鼠还是狐狸，不敢想象其他的可能。手电筒照出面前两米的路面，两侧一片漆黑，抬头仰望，满天星星，好多年都没有看过如此清晰的星空了。我跟朋友两人沉默着，一路快走。后来几乎是在跑，不敢回头。十五分钟以后，终于出了森林，踏上横跨公路的过街天桥，忍不住大喊大叫，啊啊啊！有种劫后余生的狂喜，又觉得这一路都很刺激，是很愉快的大冒险。一轮澄黄的月亮悬在天桥尽头，很没有真实感。走下天桥，刚在公交车站站定，公交车就来了，我赶紧挥手示意。坐上车，兴奋的感觉还没有消散，20分钟后，车到了公交总站，我们下车去换乘地铁，还觉得意犹未尽。这么快就又回到了文明世界。

当天晚上，我梦到了自己在森林。去过一次森林的快乐持续了好几天。我买了徒步鞋，又买了一升的保温瓶，打算常去森林。我有一种预感，去森林将成为我的新爱好。

很快，我又去了森林，还是捡栗子，去池塘，并且吸取了教训，在中午去餐厅吃饭。栗子逐渐成熟，散步道两旁散落一地，很多很多，不像第一次去那样要费力寻找。回家以后，用刀在栗子壳上划小口，把它们送进烤箱。烤过的栗子更容易去壳。我用森林里捡来的栗子做了栗子饭，几天后还用剩饭做了蘑菇虾仁奶汁焗饭。也在市场和超市买了栗子，个头比森林里的栗子大多了，不知产地是何处。可还是觉得森林里捡来的栗子更好吃，滋味更浓，估计也是一种错觉。

森林里人不多，偶尔与人狭路相逢，彼此都说声 Bonjour（日安）。在瑞士待了一段时间的朋友告诉我：瑞士人虽然平时很害羞，在路上不会跟陌生人打招呼，但在山里与人相遇时，一定会很热情地打招呼。我在森林里遇到过的三种类型的人，第一种是热情地打招呼，第二种是低着头、目光不交汇，腼腆地打招呼，第三种是我说了 Bonjour，对方也没有回答。慢慢摸出了规律，有的人全身都笼罩着一种"我想自己待着"的气场，碰到这种人的时候打招呼就免了。中世纪的森林里住着隐修士，现在的森林里也走着不想社交的人，对于这种心情，我非常理解。我在今年秋天忽然爱上了去森林，很大一部分原因是森林里人少。2020年春天以来，我在巴黎经历了三轮封禁，好像已经习惯了稀薄的社交频率。2021年5月解封时一度非常不适应，路上怎么这么多人？人多的时候就意识到了自己可能被观看，不适的感觉时不时涌起来。在森林里就没有这样的困扰，我与大自然面对面，在森林里走一走，好像被充满了电。9月底又一次与朋友去森林，傍晚时分，我们各自归家。回程的地铁赶上了高峰期，我被刚下班的人和准备去朋友家聚会的人围绕着，人们聚成堆，聊着天。我却感觉十分平静，好像感觉在人群中也很好，从身体内部散发出一种快乐。

那天晚上，到家以后偶然看到友邻标记看过了一部纪录片，名为《彼得·汉德克：我在森林，也许迟到……》。我并不知道彼得·汉德克是谁，却被纪录片的标题吸引了。"森林"这两字，仿佛是一种魔法。我马上找到这部纪录片，开始看，去森林时背的双肩包还没来得及整理，就放在脚边。开场2分钟，一位老人乘坐地铁，又换乘城际快线，在雨中下了车。我被这惊人的巧合击中了，在椅子上几乎僵住了。我一眼就认出了那是巴黎地铁 10 号线，车门上方的路线图的形状仿佛苹果手机自带的用来戳开 SIM 卡槽的金属针，地铁线路在金属针那里分叉，那是布洛涅森林。我刚乘这条线路从森林回家。

纪录片里，刚才乘地铁的那位老人开始说话了，他说德语。我感觉又困惑又好奇。我很快意识到了他是一位作家。纪录片导演问他问题，他并不看镜头，仿佛在自己的意识中搜寻合适的词来表达自己的想法。他认真地说话，郑重地使用词语。他开始朗读自己的作品，还是德语，但他用法语说了 Saint-Germain-des-Prés（圣日耳曼德佩）和 façade（外立面）这两个词。纪录片拍摄中，他接了一个电话，跟一个叫苏菲（Sophie）的女性用法语解释正在拍摄的事。我确认了：我的猜测没有错，他确实住在法国。

他把从森林里采来的牛肝菌放在报纸上，然后用小刀切蘑菇。他说："大家都知道我爱蘑菇成痴，蘑菇真是美好的事物。我搭飞机无聊又动弹不得时，不管在机上或机场，我都想说：'等我到家，回到平淡的小世界，一切都会变好。'这是解脱，从差劲、算计、科技的世界跳脱。来，我来忙蘑菇吧！有点土很好，我喜欢吃带土的蘑菇。"他切着蘑菇，说："听，这声音多美！"我抑制不住自己的好奇心，他是不是住在我白天刚去了的那片森林呢？我按了暂停键，开始搜索。

彼得·汉德克，1942 年出生于奥地利，主要用德语写作，是 2019 年诺贝尔文学奖得主，现在的妻子苏菲是法国人，1991 年起住在巴黎近郊默东森林旁的查维尔。果然，我猜得没错，他确实住在我白天刚去的那片森林旁边。他所言的"平淡的小世界"就是森林边的家。在纪录片里，他大部分时间在家，独自去森林散步，偶尔乘城际快线，再换乘地铁去巴黎，在蒙巴纳斯的咖啡馆里与人聊天。我被这惊人的巧合击中了，心跳加快，兴奋起来。不舍得看完纪录片，却还是一口气看完了。这是一部我希望自己能在放映厅的黑暗里看的纪录片。纪录片里，汉德克坐在庭院的小桌旁，用刀给栗子去壳，我猜他也去森林里捡栗子。

我开始好奇这位住在森林边的作家写出来的东西是什么样。要网购吗？不，网购不够快。深夜里我带着激动的心情睡了，第二天就去了图书馆。去图书馆借书比网购更快。他的书在开架区，他的很多作品都早早被翻译成了法文。他写过一些随笔，薄薄的小册子，不到 100 页。

我读了他的随笔《论成功的一天》(*Essai sur la journée réussite*)。他说起法语里的表达，réussir sa vie，在人生中取得成功，或许也可以翻译成几年前流行的表达，"人生赢家"。汉德克觉得法语里的这个表达很奇怪，怎么才能算得上成功的人生呢？算了吧，还是讨论一下成功的一天是什么样的吧。他写了很多成功的一天可能的样子，他又写到了巴黎西郊的森林，那片我最近刚刚爱上的森林。他写道："回到家里吧，回到书旁边，去写作，去阅读。"他还写道："工作需要时间，我有时间，它跟我，我们都有时间。"在纪录片里，他说："在成功的一天，尝试记录这一天。"我开始这样做，今年秋天，我开始写日记。

秋天刚开始时，我跟朋友一起去森林。秋天快结束的时候，我开始独自去森林。用布把瓷杯包好，冲好咖啡或红茶，灌进保温瓶里，带上三明治和小饼干。穿防风防雨外套和徒步鞋，背上双肩包。在买徒步鞋之前，上一次买鞋是 2019 年。徒步鞋看起来敦实，让人安心，穿起来非常轻快，比想象中轻得多，鞋底和鞋帮都给脚很好的支撑和保护，穿上便忍不住一直走路。这几年，我几乎不穿高跟鞋，以为穿平底鞋已经是解放了自己。可买了徒步鞋以后才忽然明白了，平底鞋还远远不够。穿过徒步鞋以后，我好像突然明白了男人们平时都在穿什么样的鞋子。我开始不在乎所谓审美和风格，舒适就好，我在城市里也穿徒步鞋。背上双肩包，双手也解放出来，背重一些的东西也没关系。去森林的路线已经很熟悉了，我熟门熟路地坐地铁，选不靠过道的座位坐下，拿出书开始读，地铁到达终点时下车，去公交总站坐公交车。第一次去森林时，在公交总站用炭火烤玉米的小哥，之后再也没有出现过。

独自在森林里走，我已经熟悉了散步道的路线，开始探索一些小路。不必说话，把全部的感受力都打开，面对大自然。偶尔遇到遛狗的人，互相打招呼。我开始喜欢狗了，尤其是金毛和边境牧羊犬。一边走一边捡栗子，捡上二三十颗便收手，一个人吃不完那么多，没有必要捡太多。然后走去池塘，这次我把双肩包当枕头，躺在草坪上，穿了防风防雨外套，躺在地上也不怕脏。戴好墨镜，享受雨季前最后的晴天。

阳光很暖，舒服得险些睡着。听到有人经过，我起身坐好。是一个牵着边境牧羊犬的小哥。他跟我打招呼，我也跟他打招呼。他拿着一段粗壮的树枝，把它扔向池塘里，他尽力扔得远。树枝入水，狗迅速地跑入池塘，游向树枝，咬住它，然后又游回岸边。上岸以后，它把树枝递给主人，然后在旁边抖抖身上的水。我看着狗和小哥，不知这是训练还是玩耍。狗很快乐的样子，它跑来跑去。有一次它在上岸时把水甩到了我身边，小哥赶紧跟我道歉，我摇摇头，没什么的，它那么可爱，那么生机勃勃。我看着它一来一回，好像也忘记了自己的烦恼。后来小哥带着狗离开了，他跟我说再见，又挥挥手祝我度过一个愉快的晚上，我说："您也是！"

太阳开始落山，比之前落得更早，池塘边的树开始变黄、变红，秋深了。我决定去彼得·汉德克在纪录片里坐车的车站，坐城际快线回家。从另一端走出森林，穿过查维尔小镇，走到城际快线的车站。C 线经历了几个夏天的翻修，轨道变得顺滑，不再像以往那样哐当哐当，也换了新的车厢，崭新的座椅旁有 USB 充电口。我独自一人在一节车厢里，又觉得自己被森林治愈了。

想起历史学家艾提安·安海姆（Étienne Anheim）在《历史学的工作》（*Le travail de l'histoire*）一书中写道："阅读和写作

其实是一回事，就像莫比乌斯环。"最近，我体会到了他说的这一点。阅读和写作是一回事，写作的内容与阅读的内容高度相关，写作受到阅读的影响，而真正读懂自己所读的内容意味着能把它写出来。除了阅读和写作，还有日常生活。在我身上，这三种经验交织在一起。我在研究中遇到了森林，开始阅读和写作。带着对中世纪的森林的认识进入当下的森林，又通过在当下的森林中采集去想象和理解中世纪的人们如何在森林中采集。我又在影像的世界里看到我在现实中去过的森林，由此开始阅读一个此前从未听说的作家的书。读完以后，我又去森林，这次我选了跟那位住在森林边的作家一样的交通路线。阅读、写作和生活，我在这三种经验之间往返穿梭，每一种经验都是真实的、扎实的，都让我的世界变得丰富。我想，我很快还会再去森林。

2021 年 11 月

用西兰花搭一棵圣诞树

　　巴黎的冬天大概是 10 月底到 3 月初，划分冬天前后两段的节点是圣诞节和新年的假期，最难熬的是前半段。11 月连日阴雨，时间的流速仿佛变慢了，每一周都很漫长。进入 11 月白昼明显变短，还在变得越来越短，到了 12 月，不到下午五点就日落了。连日阴雨，即便是白天，也难得有阳光。阴天时一整天都昏昏沉沉的，不禁怀疑，太阳真的出来过吗？一周里偶然有一天出了太阳，路人的表情都柔和起来，午休时间教堂广场边的长椅上坐着明显平时不来这里吃午饭的上班族。

　　灰色的天空下，大部分人穿着颜色暗淡的衣服。冬天的衣着可以分为三派：黑压压的乌鸦派、混沌的鸽子派以及白色的海鸥派。占比最高的是乌鸦派，不知在为什么服丧。还有很多深深浅浅的灰色和蓝色。穿白色的人很少。巴黎确实是时尚之都，即便再冷，时髦的人也能把自己打扮得有型。我并不具备这种能力，这种能力并不会因为住在这里便自然获得。想起《查令十字街84号》，伦敦马克斯与科恩书店的店员塞西莉·法尔给住在纽约的海莲·汉芙写信时写道："我坚信您一定是一位年轻、有教养且打扮时髦的人。"海莲在回信里写道："至于我的长相，大概就跟百老汇街上的叫化子一样'时髦'吧！"天冷的日子，我穿蓬松的白色羽绒服，像一只泡芙，毫无时尚可言。我的羽绒服就像在巴黎过冬的小海鸥的蓬松羽毛，于是自封为海鸥派。我觉得对冬天的尊重是穿得暖和，从容地走在路上。

冬天是让人重新意识到大自然的威严的季节。我的公寓没有集中供暖，用的是电暖器，一旦开起来，电费惊人。也明白了从前的作家们为何爱上咖啡馆点一杯咖啡、坐一整天，图的大概不是所谓的格调，而是节约电费。12月初我处理译稿残存的小问题，开暖气，但不能一直开，为了节约电费，穿上毛衣、披上毛毯，再套上厚厚的羊毛袜子，在桌前坐久了，手指冰凉。想起那句"做翻译就是用爱发电"，倘若真能用爱发电，我要先在家里给自己发点儿用用。

巴黎的冬天在油画作品中很美，街角的咖啡馆亮起澄黄的灯，街灯也是温暖的黄色，灯光映在雨后湿漉漉的地面上，故事似乎就要发生。而实际上，雨天我总是很狼狈。湿冷的潮气散不掉，不大不小的雨似乎不值得打伞，可如果不打伞，走一路还是会被淋湿。我从未如此想念大片的、不会化的、踩在上面咯吱咯吱的雪。我决定去电影里看看雪，在一个雨夜里去了电影院，看了《六号车厢》。男女主角在冬天从莫斯科坐横跨西伯利亚的火车去摩斯曼斯克，我一定能在电影里看到雪。到了电影院门口，我收起滴着水的伞，摘下手套，擦掉眼镜上的雾气，给检票员看我提前买好的电影票的二维码，手忙脚乱。检票员生硬地吐出一个词，"卫生通行证"（pass sanitaire）。我打开另一个应用，给他看另一个二维码。他扫了码，示意我往里走。我问："电影票呢？"他摆摆手，意思是不必了。

进入 12 月，时间仿佛开始加快，人们开始为圣诞节做准备。花店和超市的门口都堆满了圣诞树，人们用各种带轮子的东西把树推回家，自行车、滑板车、板车、购物小拖车，甚至还有人把树放在婴儿车里推。身强力壮的人肩扛着树回家。我像往年一样，很羡慕，不过还是没有买树。买了一束松枝和一串冬青，用麻绳扎在一起，算是圣诞花束。

在法国，圣诞节是家人团聚的节日。12月中旬后半，学校、企业都开始放假，人们离开巴黎，回老家。而在回老家之前，要跟朋友们碰头聚餐，于是12月的第一个周末开始就已经有了要过圣诞节的感觉。餐厅门口结束聚餐的人们已经开始互相说"新年快乐"。进入12月中旬，收到末尾写着"祝年末快乐"的邮件，大有"算了吧，明年再说吧！"的架势。我也请朋友来我家吃饭，把一根胡萝卜的底部削平，立在盘子中央，作树干，然后用西兰花、小番茄、黄色彩椒搭了一棵圣诞树，样子非常可爱。那棵树当天只被吃掉了顶部的一点点，在接下的两天里，我奋力吃了四顿，终于吃完了整棵树。

人们开始采购给别人的礼物，还有给自己的礼物。我曾住在一家百货公司附近，接近年底时，往往一出门就迎面遇上双手提满纸袋的采购者。巴黎有很多店都用橘色纸袋，不知这些店为何都选了救生衣的颜色。那些提着纸袋的人好像很快乐。看着他们，容易生出一种"今年就不过了"的心情，也想毫无理智地去购物。可是今年我的心情与以往不同，一方面是因为搬了家，不再被百货公司的气氛影响，12月得以平静地度过；另一方面，一些以往能买到的东西买不到了。听朋友说起她想去宜家买一块餐垫却买不到，才知道有些产品断货了；巴黎的无印良品不再出售厨具和餐具；常去的咖啡豆店已经连续几个月没有秘鲁咖啡了，老板每次都一脸歉意又忧心忡忡地说："现在的运输啊，真是令人头疼。"在疫情之前，好像全世界都触手可及，好像只要掏钱可以买到来自各处的东西，好像想见的人随时可以见到，现在明白了这只不过是未经思考的情况下形成的幻觉。

我也开始给朋友们准备礼物。去邮局给我的朋友豆寄了一箱吃的，各式小饼干、直接吃的巧克力、用来做热巧克力的巧克力、果酱……还有茶，选了一款圣诞日历形式的茶包组合。现在的圣诞日历已经不是真的日历，而是25个装着东西的小格子，每个格子对应进入12月到圣诞节的每一天，每天打开一格，是对节日的期待。

我非常喜欢包裹。人们似乎很少用包裹这个词了，包裹是快递尚未出现之前邮局时代的名词，很老式。可我更喜欢"包裹"这个词，"包裹"好像比"快递"蕴含着更多的感情。疫情以来很多见面变得困难，甚至不可能，无法见面时便用包裹传递心意，这两年寄了很多包裹。去邮局买纸箱，采购要装在纸箱里的东西，再把纸箱抱到邮局去，准备寄包裹的过程让我觉得很快乐。

几年前刚到巴黎时，给朋友寄包裹，抱着没封口的纸箱去邮局。工作人员很困惑，问我："您怎么不把箱子封好？"我也很困惑："您不需要看看我要寄什么吗？"他更困惑了："我为什么要看？"说完递给我一卷宽胶带和一把剪刀。后来我就知道了要自己把箱子封好，再带去邮局。

在暂时没法见面的这段时间，我跟朋友们用包裹表达心意。这段经历也让我更多地思考到底应当如何使用语言。人与人面对面时，除了语言，还有很多语言之外的东西可以传递信息，比如眼神、手势，甚至是听起来很玄乎的气场，对方对自己是不是友好一目了然。暧昧不清的话语的实际意思借助这些语言之外的信息得到确认。可是在见不到面的情况下，怎么办呢，还要在电话里、在文字里这样含混地表达自己吗？

今年我说了很多直接的话，不希望自己想表达的意思在传递的过程中损耗，不想被误解，也不想麻烦对方猜自己的意思。我说了好多次"真是太好了""我好开心啊""这个好好吃啊""谢谢你帮了我大忙""一点不着急""你超好的！""我觉得自己超级好！""你可以的！"……也说了好多次"这样不行""这个我不喜欢""不要坑我""不要叫我学姐""这里有问题""不要怕麻烦""不要拿人当傻子"……

我也开始对一些未经思考就随口说出的塑料话、垃圾话失去耐心，听到的时候忍不住要反驳。比如："都不容易""可不是吗""现实就是这样""要适应现实啊""到时候再说呗""还能怎样""大家都这样"……

写作这件事也改变了我对语言的态度。今年夏天读《碎片》，埃莱娜·费兰特的采访集。她说："谎言会保护我们，会减轻痛苦，会让我们避免认真反思带来的忧虑，会稀释我们这个时代的恐惧，甚至让我们免于自我伤害。但在写作时，我们永远都不能说谎。"

于是我决定诚实地说：12月我吃了很多东西，但是那些东西都没有给我留下什么深刻的印象，除了那棵我连吃四顿才吃完的西兰花圣诞树。

2021 年 12 月

冬天是吃甜点的季节

这几年越来越感觉到冬天很难熬，日照不足，昼短夜长，好像吸收不到足够的维生素 D。虽然也从医生那儿拿到了处方，每两个月喝下一支细细的玻璃瓶装的柑橘味维生素 D 补充剂，还是觉得不那么快乐。几年前曾经在情绪低落的阴雨天冲去药店，柜台里的药剂师给我拿了一瓶佛手柑精油，她说："你可以把这个滴在手帕上，心情不好的时候就拿出来闻一闻。这是装在瓶子里的阳光。"du soleil dans la bouteille，瓶子里的阳光，莫名地押韵了，我买下了这瓶精油。闻起来确实觉得心情愉悦一些，所有柑橘类的味道是否都有这样的功效呢？每次切开橙子和葡萄柚都觉得愉快，泡澡时也会滴甜橙精油，可是这种嗅觉带来的愉快是短暂的，一旦日落，又会低落起来。于是也开始点蜡烛，看着摇摆的烛火，心情好像也沉稳下来。

在来巴黎之前，我曾在北纬 45 度的哈尔滨和北纬 40 度的北京生活，但那时似乎没有觉得冬天很难熬。我也思考过这到底是怎么回事，是因为北京的城市照明很强吗？是因为在北京有吃夜宵的活动？想不明白。巴黎冬天日照最短时，不到下午五点天就黑了，又经常阴天、下雨。来巴黎之前，在文学作品里读到"铅灰色的天空"，还觉得巴黎有一种忧郁的气质，又浪漫又美好，可实际经历过巴黎的冬天以后，"铅灰色的天空"只让我感觉难受。高中地理课本里形容地中海气候用的词是"夏天炎热干燥，冬天温和多雨"，"温和"或许说的是气温吧。巴黎的冬天从气温上看似乎不那么冷，气温也很稳定，很少到零下，可是常常下雨，很潮湿，体感还是冷的。

路上却常有穿着薄薄丝袜的女士平静地走着，就像曾经在电影里看到的那样。日本的女中学生常常在冬天光腿穿校服裙子，而在巴黎喜欢在冬天光腿或穿丝袜配裙子的却是奶奶辈的女性。此外还有修女。她们真的不冷吗？我刚到巴黎的第一年也曾尝试做相同的打扮，既然已经来了时尚之都，总不能不接受一点教化吧。可是真的很冷。作为哈尔滨人，又不好意思说自己冷，因为对方往往很震惊地说："巴黎再冷能有哈尔滨冷吗？"看温度确实没有，可是哈尔滨冬天很干燥，室内暖气很足，实际上干冷并没有湿冷这么难受。

有一次在超市，我乘坐上行扶梯，前方站着一位修女，不小心看到她的裙底，原来她在膝盖以上穿了厚厚的保暖护袜，哦，原来只是露出的膝盖和小腿是光腿啊。可这到底有什么用呢？那之后我便放弃了在冬天穿丝袜这件事，乖乖地穿裤子，而且在裤子里面还要套一条连裤袜。

巴黎人爱美，冬天也追求有型，大部分人穿着羊毛大衣。最近几年人们对羽绒服的抗拒似乎稍有松动之势，经常看到有人在大衣里面穿着优衣库的轻羽绒背心。而疫情以来，我惊奇地发现路上穿着正经的、厚的、会鼓起来的羽绒服的人变多了。2020年的冬天并没有比以往更冷，我想似乎是疫情以来人们终于意识到还是切实的舒适来得重要吧。我也因此堂而皇之地穿起了白色的、蓬松的羽绒服，走在路上觉得自己是一朵蓬松而温暖的云。

法国历史学家阿兰·科尔班（Alain Corbin）曾写过一本名叫《天空与大海》（*Le ciel et la mer*）的书，他在书中讨论了人类对天气的感受是如何变化的。他认为寒冷或者说冬天是一个战胜自我的机会，因为在西方文化中冬天是一项挑战，冬天能看出人的性格是什么样的，冬天能区分出强者和弱者。

我曾经以为自己是喜欢冬天的，因为我喜欢下雪，下雪就可以打雪仗、堆雪人。白雪覆盖一切，白雪给树枝勾出轮廓，像是童话里的世界。可到巴黎以后却渐渐开始害怕冬天了，从秋天要结束的时候就开始难过。每一年的冬天都感觉很难熬，可是又不记得上一个冬天到底是怎么熬过来的。

阿兰·科尔班还说：人一旦相信四季里有一个季节是最好的，那么就很难活在当下、享受当下。我觉得确实是这样。在法国，最好的季节是夏天，这似乎是一种共识。夏天意味着阳光、海边、丰富的蔬菜水果，还有漫长的假期。

生活在巴黎、用法语写作的日本作家关口凉子（Ryoko Sekiguchi）在《名残》（Nagori）一书中写道：人们在冬天就已经开始期待春天，在欧洲对春天的期待转化成了庆祝冬至、圣诞节等节日。疫情以来，在家的时间变多，独处的时间变多，社会关系几乎不存在，我有大量的时间与自己相处，感官也因此敏感起来。此前，我从未如此强烈地感受到季节的变化，如此紧密地与大自然的节律联系在一起，因为冬天日照时间短而情绪低落，又无比地期待春天快快到来。我前所未有地期待过圣诞节。

我的一个法语老师曾说：北半球的节日很多都在冬天，一定是因为冬天太难熬了。是的，所以有了各种让人充满盼头的东西，比如进入12月开始的圣诞倒数日历产品。1日到24日，每天做一点什么，比如开一个圣诞日历里的抽屉或小盒子，很多化妆品品牌都推出了圣诞日历，还有巧克力圣诞日历、茶叶圣诞日历……一切能被装在一个小盒子里的产品似乎都加入了圣诞倒数日历。我买了一支蜡烛，上面标着数字，1到24，每天点燃一段，烧掉相应的数字，似乎也是一种期待。还有很多12月才有的点心，它们是否也具备同样的功能呢？甜食的抚慰让人安稳地度过年底这段时间，德国的史多伦圣诞面包（stollen）和意大利的潘娜朵妮面包（panettone）之类的。

刚到巴黎的第一年，我住在修道院旁边的女生宿舍里，宿舍里的一个意大利姑娘听说我没有吃过潘娜朵妮面包，说圣诞节回意大利，之后给我带一个回来。可是完全没有想到她带给我的是一个正经的、传统的，也就是尺寸惊人的潘娜朵妮面包，直径大概有 25 厘米，大概有 30 厘米高。蓬松的黄油面包，里面还有葡萄干，热量惊人，味道也相应地很不错，放了很多黄油的东西哪有不好吃的道理。想想她拿着这样一个巨大的面包坐火车的场景，带这么大的行李一定很不容易，好感动。可是这种传统风格的点心似乎不是为独居人士设计的，最初应该是一大家子人团聚的时候吃的吧？那个巨大的潘娜朵妮面包我吃了一星期也没有吃完。

去年冬天，我在超市里看到了一人份的潘娜朵妮面包，虽然尺寸很小，但包装毫不认输，是传统的大型潘娜朵妮面包包装的缩小版。我买了一个，独自吃完。

在冬天会想起发生在冬天的故事，我明白了卖火柴的小女孩为什么是一个发生在圣诞夜的故事。进入 12 月，只要出门就能感觉到强烈的节日气氛，人们买礼物、买圣诞树、给孩子买玩具……人们都看起来很快乐，充满期待，准备年底的家族团聚。而我仿佛行走的卖火柴的小女孩，看到一连排落地窗的奥斯曼式公寓里的橙色灯光，看到那些一家人其乐融融地采购的场景，看到肉店门口的烤炉里不停息地转着的烤鸡……

　　也明白了为什么北欧有很多人搞创作，据说冰岛有很多作家，据说芬兰按人口比例算有非常多的摇滚歌手……冬天的黑夜确实适合思考和创作。我也好像也明白了自己为什么在今年冬天开始有强烈的想写东西的冲动，似乎不单单是宅家的后遗症，冬天确实有很多时间可以用来思考吧。曾经的语文老师说他觉得我不适合写小说，但是应该能写很好的散文。我自己也是知道的，我只有观察的能力，却没有在心里想象出一个完整的故事的能力，如果要写东西，绝对指望不上那微薄的想象力，所以要想写东西，必须要有一种生活，要去经历、去看、去思考事情。不断地提醒自己：不是因为看过了优秀的作品就可以觉得自己是优秀的，不能因为翻译过优秀的作品就觉得那份优秀自己也有份，那些光芒是在创作出优秀的作品的人的身上的，即使靠得再近，也蹭不到的。所以还是要自己去创造。

2020 年 12 月

国王饼：小心牙齿哟！

法国的时令性点心里，我最喜欢的是国王饼。秋天到了就想吃蒙布朗，冬天点心店往往摆出糖渍栗子（marron glacé），点心的种类与季节相关，是风物诗一般的存在。这是因为点心所需的食材是特定季节才有的，或者那种食材在特定季节才好吃。冬天有两种点心与节日紧密相关，一种是圣诞节的树根蛋糕（bûche de Noël），另一种是主显节的国王饼（galette des rois, gâteau des rois）。

1月6日是主显节，三位东方博士来看望出生不久的耶稣，耶稣来到世上，显现给世人，是为主显节。在法国，直到20世纪60年代人们往往在1月5日的晚上分吃国王饼，庆祝主显节的前夜。1971年以来，主显节当天不再放假，人们便改在元旦后的第一个星期日庆祝主显节。主显节让人联想起古罗马时代的农神节，日本历史学家池上俊一在《法国甜点里的法国史》一书中提出这样一种假说：基督教最初想消除异教的习惯，但是成效并不好，于是开始把一些异教的节日打扮成基督教的节日。他举的三个例子是复活节、主显节和圣蜡节。[1]

如今提起主显节，人们想起的往往不是与宗教有关的内容，而是国王饼。虽说国王饼与节日相关，但并非只有节日那一天才有得买，圣诞节以后点心店和超市便开始贩卖国王饼，从 12 月底到 1 月底都能买到国王饼。这么好吃的东西，如果只有一天能吃到未免遗憾，多卖一段时间也非常合理。树根蛋糕虽说是圣诞节的代表性点心，但最近也有持续卖到圣诞节以后的趋势。年末年始在点心店往往能看到树根蛋糕和国王饼一同出现在柜台里，也是一种有趣的现象。

国王饼在法国的北部通常是千层酥皮的圆形派状，传统的填馅是杏仁粉（frangipane），近年来也开始有创新填馅的趋势，巧克力馅也开始常见起来，还有日本点心店卖红豆填

1　池上俊一：《お菓子でたどるフランス史》，岩波ジュニア書店，2013年，第 54 页。
此书已被译成中文，《法国甜点里的法国史》，马庆春译，南海出版公司，2018 年。

馅的。而在法国南方，国王饼不被叫 galette des rois，而是叫 gâteau des rois，是一种王冠形状的加了酵母的甜面包。南法风格的 gâteau des rois 我还没尝过。北部风格的国王饼我非常喜欢，杏仁填馅的黄油酥皮点心没有不好吃的可能。

在 16 世纪的巴黎，围绕这两种风格的国王饼，面包师和甜点师这两种职业展开了激烈的斗争，法语里"面包师"是 boulanger（男）或 boulangère（女），"甜点师"是 patissier（男）或 patissière（女），虽然有不少店铺的牌匾上同时写着这两个词，而实际上这是两种不同的职业。16 世纪面包师行会和甜点师行会争夺国王饼的专属贩卖权（monopole），弗朗索瓦一世把专属贩卖权给了甜点师，于是甜点师可以卖国王饼，但这里说的国王饼是 gâteau des rois。而面包师怀着不服的心情开始卖 galette，也就是现在更为常见的 galette des rois。

国王饼理论上不是一人独享的点心，一般都很大，4 人份、6 人份、8 人份都很常见。一个国王饼附送一个纸质王冠，有点类似小时候买生日蛋糕附送的那种王冠，不知两者可否有联系。我在真正吃到国王饼之前，先学了国王饼的吃法，现在想来，那大概是学法语的同时顺带学学法国文化和习俗的课程设置。学到的版本是国王饼里有一个小瓷人，吃到小瓷人的人可以戴上王冠，当一天国王。这个"小瓷人"的说法其实是不准确的，国王饼里的那个东西其实是 fève，它的字面意思是蚕豆，因为最开始的国王饼里放的是真的豆子。那些认为主显节与古罗马节日传统有关的人往往把蚕豆解释为冬至的象征，当时人们认为蚕豆是春天最先发芽的豆类，因此是生命力的象征。

fève 一词的词义已经发生了变化，现在人们说起 fève 往往指的是国王饼里的小瓷件（figurine），不用"小瓷人"这个词是因为那个瓷制的小东西未必是一个小人。小瓷件是 1875 年出现的，而现在也有店家用塑料的小物，所以说"小瓷件"也不准确。不过凭我每年 1 月狂吃国王饼并心甘情愿为之发胖的经验，用小瓷件的店家居多，毕竟要进烤箱高温烤，塑料材质可能并不安全。小瓷件现在成了点心店表现自家特色的媒介，店家往往提前预告小瓷件的设计，有的店家推出一整个系列的小瓷件，吸引顾客收藏。日本点心店虎屋在巴黎的分店入乡随俗，不仅做和果子，也做国王饼，虎屋的小瓷件的造型是微缩的和果子，每年更换不同款式，十分可爱。国王饼小瓷件的收藏者想必不少，朋友曾在旧物市场看到一堆瓷制小物。

通过这个国王饼里的小东西的例子，可以看出做翻译是非常难的一件事，因为很多东西并不在两种语言里同时存在，于是一种语言里的一个东西在另一种语言里并没有一个现成的对应词，所以翻译的时候需要创造一个合适的表达。而这个选词造词的过程是非常困难的，而且需要很多智慧。

为了吃到这个小瓷件，需要切国王饼。切的时候，年纪最小的人需要躲在桌子下面。根据旧习俗，应当把国王饼切成"在场人数+1"份，应该有一份是留给神的。而以我个人的经验，往往是按照在场的人数来切，毕竟这么好吃的东西最好是都吃掉。吃到小瓷件的人是当天的"国王"。

我第一次去法国是去交换，刚到交换学校的时候正好是1月份。年初假期结束了，系里在正式开课之前办了一次非正式的聚会，老师和学生全员参加，聚会的由头就是吃国王饼。我当时并不知道整个1月都能吃到国王饼，还以为只有主显节当天才吃，有些疑惑。系里的秘书切好国王饼，分给大家，因为人很多，系里买了不止一个国王饼。我接过一块正要吃，旁边的一位老师笑着提醒我："小心牙齿哟！"我一时不知道怎么回答，我真的能吃到那个小瓷件吗？他觉得我那么幸运吗？一边吃国王饼，一边喝咖啡，一边跟第一次见面的老师们和同学们说话。后来秘书问还有人要吃吗，还有一些，我又去拿了一块。那位老师又在笑，大概觉得我这个外国人倒是不见外。他后来问我："你来法国多久了？"我回答："一星期。"看他的表情感觉他似乎噎住了。那是那个系里第一次有中国交换生来，那是我第一次去法国，也是我第一次吃国王饼。因为这段经历，我对国王饼有着很特殊的感情。

国王饼里的小瓷件有点像大年三十饺子里的钱。我家人很多，包饺子会放 16 个硬币。平时那 16 个硬币就泡在一个盛着盐水的白色小瓷碗里，被放在奶奶家橱柜的深处。我跟朋友说起，她很吃惊，说："我以为我们家放一个硬币和一个红枣就算是作弊了，毕竟已经多了一个，你家居然放 16 个。"如果吃到硬币的人有好运气的话，那么好运气只能由一个人独享似乎有些残酷。为了吃到硬币，往往拼命吃饺子，有的时候吃到撑也还是一个都没有吃到，十分沮丧。有时大家都吃完了，发现还是没有凑齐 16 个硬币，是因为剩下的硬币在那碗供奉用的饺子里，我也不清楚那供奉的是祖先还是财神。

国王饼是 14 世纪初开始在法国的贵族圈子里流行起来的，逐渐成为一种传统。与圣诞节的树根蛋糕比起来，算是历史悠久的点心，毕竟树根蛋糕是 1870 年以后才有的。据说国王饼是通过阿维尼翁的教宗引入法国的，最早的抽选国王（tirage des rois）发生在 14 世纪的道明会修道院。池上俊一在《法国甜点里的法国史》中犀利地指出：虽然一提到甜点和美食，大家都会立刻想到法国，人们也有一种法国甜点世界第一的印象，而实际上那些东西的历史也没有特别长，也不都是法国百分百独创的。比如，国王饼得以出现其实与十字军东征有关，抛开人们一提到十字军东征就想起的那些东西，十字军东征其实也是物产的交流，砂糖、香料、橙子、柠檬和杏子从阿拉伯世界被引入法国。而物产交流中与国王饼关系最为紧密的则是酥皮，阿拉伯世界有用面粉和橄榄油制作酥皮的习惯，这个做法被十字军带回法国并加以改良，橄榄油被换成了黄油，于是才有了黄油酥皮。[1] 现在大部分国王饼使用的是黄油酥皮。

法国讲求世俗性原则（laïcité），与宗教相关的物品不得出现在公共场合，尤其是学校。2014 年出现在公共场所的马槽曾引发一系列争论，而国王饼从没有引发过类似的争论。也有人解释说国王饼的历史起源并非与宗教相关，国王饼里可以

1　池上俊一：《お菓子でたどるフランス史》，第 38 页、第 42—43 页。

放小瓷件，也可以不放，可以附送王冠，也可以不送。而每年被送到爱丽舍宫的国王饼里是没有小瓷件的，毕竟不能给一个共和国的总统加冕。1975年，德斯坦开启了爱丽舍宫吃国王饼的做法，那一年，他的国王饼直径足有一米。

现在也有了一人份的国王饼。作为一个国王饼爱好者，我通常从12月就开始吃，独自一人便只能买一人份的。今年买的一人份国王饼里没有小瓷件。以往去过的店家发明出了一种让独居人士也能享受对小瓷件的期待的方法：他们在一部分一人份国王饼里放瓷制小物，另一部分则不放。购买一人份国王饼变成了抽签，不失为一种解决方案。那年我在一人份国王饼里吃出了小瓷件。不过一人份的国王饼是不附送王冠的，毕竟店家无法确定哪个里面有小瓷件。

曾在埃里克·凯塞尔（Éric Kayser）的店里买过国王饼。店员看我是女生，选了印着"王后饼"（galette des reines）的纸袋给我，附送银色纸质王冠，想来十分有趣。

年初我跟朋友一起去买点心。年末的点心店似乎不论是哪一家都排着长队，在寒风中瑟瑟发抖排了半个小时以后心情就变了，在排到能看到橱窗的地方以后就失去了理智。有人买了国王饼出来，透明的塑料袋里放着一个方方正正的白色纸盒，纸盒上是一个漂亮的纸质王冠。本来是想买布丁的，突然也想买国王饼，我拉着朋友，说："我们也买一个吧！"发抖的朋友也失去了理智，点头说好。

有人曾跟我说："你可以写写巴黎的好吃的地方。"那时我却不想写。我那时的想法是：我可以分享一些快乐的经验和回忆，却不愿意给出一些好吃餐厅的地址。我真是小气鬼。因为我知道那些食物带来的快乐是直接的、强大的，我不想让他人知道这份我吃了很多难吃的地方才换来的通关密码。总有人说法国美食多有名云云，可是茱莉亚·查尔德来巴黎学厨时的那个法国已经属于过去，如今的巴黎远不是随便进一家店都会好吃的地方。巴黎被无数为了验证想象中的巴黎远道而来的游客滋养，一锤子买卖很好做，于是产生了不少做游客生意的餐厅。在巴黎，踩雷是寻常事，真正的好餐厅往往需要有人带路，或者需要有不怕吃到难吃东西的勇气去四处碰运气。我属于第二种，所以才不愿意将这份付出了高额学费的笔记轻易分享给别人。

我愿意在亲密的朋友来巴黎玩的时候带他们去吃我喜欢的餐厅，却不断叮嘱他们不要把这个地方跟别人说。好不容易来了很多次，跟服务生混熟了，打电话预约时报上名字不会被拒绝了，其实是不会被店员骗说"已经没有位置了"，不想让已经很难预约的店变得更难约了。可是经历了封禁以后，我的心情稍稍有了些变化。我开始希望有人去支持那些认认真真做好吃的东西的店，让认认真真做事的人赚钱。

这家点心店是 Mori Yoshida，店名取自甜点师本人的名字，吉田守秀。他留着长发，把头发扎起来团成一个球，不知是长相还是气质的原因，我总觉得他像武士。印象最深的是有一次在结账的时候，看到后厨有人托着烤盘稳稳地把一盘点心放进了烤盘架上。那双手吸引了我的注意，是非常漂亮的一双手，动作干净利落，没有犹豫。而那双手的主人转身进店跟顾客们点头致意，就是甜点师本人。若干次在店里见到他，他笑着跟顾客点头致意，然后回到工作间，没有听过他说话。我曾经一度羡慕这种不需要语言表达的职业，比如音乐家、芭蕾舞者和甜点师。表现水平的媒介不是语言，而是跨越语言的另一个领域，水平高下立判，不需要语言也能令人佩服。这家店的甜点师虽然是日本人，却从不做抹茶点心，一个都没有。让人想起日本的点心大概只有春夏草莓季的草莓蛋糕和一年四季都有的日式焦糖布丁。他似乎在说：我就要在法国的传统点心里跟你们一决胜负。而在寒风里排着长长队伍的顾客证明了他的实力。2020年圣诞节，吉田守秀发了一张图片，说："感谢大家在这么多家点心店里选择来我们家排队。"

今年Mori Yoshida的国王饼是传统的杏仁填馅的，没有其他花样，传统且好吃。在店门口吸引了我的注意的纸质王冠的内侧写着："这个桂冠的形状受到了1804年12月2日在巴黎圣母院举办的拿破仑·波拿巴的加冕礼上的王冠的启发。"啊，这一句话就已经赢了。又体现历史，又显得很懂法国文化。王冠上还低调地嵌入了店的logo（标识），字体选得也很漂亮。不知这句话会让法国人作何感想，拿破仑算是国王吗？国王饼里的国王是法国大革命以前的那种国王吗？……不想那么多了，还是吃点心吧。赞美发明了黄油的人，虽然我不知道那是谁。

我在吃第二块国王饼的时候吃到了小瓷件，Mori Yoshida国王饼里的小瓷件是蚕豆形状的。吉田守秀想必很懂法国甜点里的法国史。

2021年1月

木柴蛋糕：其实里面没有木柴

　　法国的冬季时令甜点除了国王饼，当属圣诞节的木柴蛋糕和圣蜡节的可丽饼。木柴蛋糕里面并没有木头，它被叫做木柴蛋糕是因为它的形状像一根木柴。

　　虽然圣诞木柴蛋糕流行广泛，在日本也吃得到，但圣诞木柴蛋糕的历史并不久远。池上俊一认为最早的圣诞木柴蛋糕出现于 19 世纪 70 年代的巴黎，而在此之前人们虽然也有在圣诞节制作点心分给小孩和穷人的做法，但那时的点心并非木柴的形状。[1] 也有人认为是圣日耳曼德佩的一位甜点师在 1834 年发明出来的，还有人认为是 19 世纪 60 年代里

1　池上俊一：《お菓子でたどるフランス史》，第 57—58 页。

昂巧克力职人菲利克斯·博纳（Félix Bonnat）发明的，还有一种说法认为木柴蛋糕是为摩纳哥的查理三世（Charles III de Monaco）工作的冰激凌职人皮埃尔·拉康（Pierre Lacam）在1898年发明的。而法国政府农业与食品部的网站上的介绍则避开了这些争论，强调木柴蛋糕的出现是很晚近的事情，作为甜品的木柴蛋糕被认为出现于20世纪中叶，二战以后先在法国普及，此后在其他法语国家普及。

木柴蛋糕法语为 bûche de Noël。bûche 的字面意思是木柴、劈柴，尤其是取暖用的木柴。而我之前一直以为 bûche de Noël 是"树根蛋糕"，因为此前看过这种译法便将两者对应在了一起，自己并没有思考过这个译名是否准确合理。而按照 bûche 的字面意思，这个蛋糕如果被翻译成"树根蛋糕"就不准确了，按照字面意思该是"圣诞木柴蛋糕"才对。不过这个蛋糕的产生其实与树根也有关系，翻译成"树根蛋糕"也不算是以讹传讹。木柴蛋糕再一次说明了翻译是一项很难的工作，甜点的名字虽然只有几个字，背后却有一整套历史。

法国政府农业与食品部的网站上介绍了圣诞木柴蛋糕的来历：圣诞木柴最初是不可食用的，所谓木柴是一块用于燃烧的真木柴，人们挑选一块大木柴，能燃烧得越久越好。这种传统被认为来自北欧国家纪念冬至的仪式（Yule），人们选择一段树干点燃，献给神，以求来年的丰收。这种习俗在基督教产生之前的多神信仰阶段已经存在。这种做法慢慢演变成了在圣诞前夜燃烧一大块木柴，木柴燃烧得越慢越好，最理想的情况是让它燃烧十二天，最少也要燃烧三天。于是这块木柴在某些地区也被称为"三天的火"（tréfouet 和 tréfeu，该用法见于诺曼底、洛林、勃艮第等地区）。13 世纪的语法学家让·德·加尔朗（Jean de Garlande）编撰的字典认为这个词来自拉丁文的 tres foci，意为三天的火，因为人们往往会挑选一块巨大的木头，让它整整燃烧三天。而这种大块的木头往往是树干的一段，或者是树桩、树墩，所以说 bûche de Noël 被翻译成"树根蛋糕"也并非没有道理。"树根"的说法与最初的燃烧木柴的传统有关。而这个名字让人感觉别扭的原因在于目前的木柴蛋糕大部分都不是树墩的形状，而是一段树干的形状。

木柴和圣诞树都是树，而研究节日历史的人类学学者纳迪尼·克里坦（Nadine Cretin）认为燃烧木柴的做法与圣诞树并没有联系。她认为圣诞树的传统来自北半球的异教传统，树象征的是植物的绿色，这种做法在 3 世纪已经出现了。她认为燃烧木柴的习俗的起源和圣诞树的起源是不同的。而之后人们在圣诞节之前清理烟囱，既是为了燃烧木柴，又是为了让圣诞老人能从家里唯一连接外界的通道把礼物放进来。

中世纪的人们比我们更惧怕冬天的寒冷，因为饮食缺乏营养，房屋和服装保暖效果不佳，那时的冬天比如今的冬天更为难熬。火和木柴的意义不言而喻。冬天里如果能围坐在炉火前一定很舒服。法语中一户人家的"户"的概念来自"火炉"，foyer 一词既可以表示"火炉、壁炉"，也可以表示一户人家。法语里人头税的说法 fouage 也跟火炉有关系。

在中世纪取得木柴并非易事。森林是领主的领地，未获得许可的人即使居住在森林附近，也没有权利进入森林砍伐树木。在罗马时代，野生的森林地区被认为是公共空间。除了有主的、被围起来的森林，人们可以在其他森林狩猎。在中世纪早期，尚且存在公共的森林。而加洛林时代以来，领主对森林的限制逐渐加强。法国国王对森林的控制则始于14世纪初，设置了监管森林的官员以及与森林有关的法律。领主往往允许人们捡被风吹断或者由于干燥而自然脱落的树枝，完好的木材则是领主获取收益的资源，随意砍伐树木将被惩罚。中世纪的木材不仅用于取暖，还是重要的建筑用材。建筑用木材主要是橡树、山毛榉和白桦树，而这三种木材销路很好，往往是领主重视的收益来源。以诺曼底地区为例，虽然橡树和山毛榉被认为是"诺曼底森林的女王"，数量不少，但是也不是所有人都可以砍伐的。穷人们搞不到木柴，他们的圣诞节木柴往往指望他人的赠与。

不同地区选择的木柴也不一样。在法国南部人们习惯使用果树的树干，比如梅树、樱树和橄榄树；而在法国北部，人们则使用橡树和山毛榉。人们用一束树枝或月桂叶来装饰木柴。在种植葡萄的地区人们也会把葡萄酒浇在木柴上，希望来年的葡萄也能丰收。

如今的木柴蛋糕除了形状保留了木柴的形状以外，其他方面都充满了发挥的空间，是体现甜点师个人品位的比拼现场。各家点心店往往别出心裁，每年都会提前预告本年度的木柴蛋糕的设计，吸引顾客预订。现在的木柴蛋糕也不都是蛋糕，也有做成木柴形状的冰激凌，所以叫"木柴蛋糕"也并不准确。口味也十分多样。因为与普通的蛋糕的区别只在于形状，所以我对木柴蛋糕并不着迷。有一年与多位朋友一起过圣诞节，当时买了一个大的木柴蛋糕，大家一起分享，那个木柴蛋糕是巧克力味的，形状很可爱。虽然传统的木柴蛋糕也是一家人分吃的大型点心，而现在也开始有了一人份的设计。

现在木柴似乎也不是稀缺的物品了，街上的杂货店也卖网兜包着的大块木柴。缺的不是木柴，而是能燃烧木柴的壁炉，听说巴黎市区似乎禁止点燃壁炉。朋友曾经租住的公寓的客厅里有一个漂亮的大壁炉，我非常羡慕，还惦记着冬天在壁炉前烤火，但朋友告诉我公寓管理人说不得点燃壁炉。那么市区杂货店里的木柴都卖给了什么人呢？难道大家是买了木柴，然后开车去郊外点燃了做烧烤？似乎不对劲，要烧烤的话应该买袋装木炭才对。有一次路过一家杂货店，恰巧看到橱窗里有木柴，于是决定进去问问是怎么回事。店主说这种木柴确实是壁炉用的，我问他，市区不是不让点壁炉吗？他又说："管他呢，法国人就是喜欢不遵守规定啊。"又嘻嘻一笑，"这是法国呀！"带着骄傲的狡黠语气。可是点壁炉的话烟囱会冒烟啊，究竟如何不被发现便不得而知了。

另一种冬季要用的木头也不再是稀缺的物品了。进入12月以后到处都在卖圣诞树，超市、花店、市场的花摊，甚至宜家家居都卖圣诞树，宜家家居的圣诞树还附送代金券。之前一直以为圣诞树（sapin de Noël）是松树，后来才知道其实是杉树。人们在 12 月充满热情地买树，装饰树，在树下堆礼物。有猫的家庭还要防止猫攻击圣诞树并且说是树先动手的。

可是节日过后人们便开始抛弃圣诞树，巴黎市区内设置了若干回收圣诞树的区域，在公园或者广场的一角，在开阔区域里用围栏围出一块空间。1 月堆满了圣诞树的回收区看上去莫名有些凄凉和寂寞，我将其视为圣诞树的坟墓。回收的工作人员开着大卡车过来，卡车上附带粉碎机。带着园艺降噪耳机的工作人员举起一棵树，把它扔进粉碎口，伴随着巨大的轰鸣声树被粉碎了，碎物直接进入卡车内的回收槽里。我曾在路边看这样的回收过程看得心醉神迷。可还是不知道这些被粉碎了的树将去往何方。

曾在路边看到一棵形状奇特的圣诞树。树顶端的树枝都被揪下来放在纸袋里，而下面的树枝则保留在树上。树的主人一股脑地把这棵上面光秃秃的圣诞树和装满了树枝的四个纸袋放在了路边。我不禁猜测树主人的心路历程：或许不想一个人拖着一整棵树去离家不远不近的回收点，于是决定把树解体，再塞进垃圾桶，可是揪树枝揪到一半就觉得烦了，索性趁着夜黑风高把这一堆东西连同自己的烦躁一同扔在路边。还在圣诞节当天发现一棵被扔在路边的圣诞树，不禁为在寒风中发抖的树感到悲伤。

　　我的小公寓不适合放一棵真树。12 月初，众多行人拖着一棵树往家里搬，不免心动，后来还是放弃了。不过我还是买了树，是 20 厘米高的毛绒玩具树，手感令人放松，底部加了沙袋，可以直立，样子很威风。在玩具店买树时，老板问我："是送人的吗？帮你包起来？"我说不是，是给自己的。他拿了一个纸袋，把毛茸茸的小树装进去，说："呀，那你今年的树就准备好了！"我接过纸袋，说起同款毛茸茸树有 90 厘米高的款。他说："我知道的，我之前进了一个，刚摆在橱窗里就被一位路过的先生买走了。"老板说的时候只说了"一位路过的先生"，没用形容词，我想象不出什么样的男士会买如此可爱的大型毛茸茸树。要送人吗？还是给自己呢？不管怎样，都挺可爱的。我怎么不认识这样的人呢？末了，玩具店老板感慨："那个高的树很贵的啊。"是啊，比真的杉树都贵。

2021 年 1 月

可丽饼与煎饼

说起可丽饼，不得不感叹这个翻译真妙，可爱又美丽，不禁想起日本的可爱风可丽饼，薄饼被卷成蛋筒形，里面有厚厚一层奶油，还有草莓或者其他可爱小玩意，再包一张设计得很可爱的包装纸。而法国的可丽饼（crêpe）外表朴素，街边小摊档的可丽饼大多配白糖或者榛子酱，摊主在圆形铁盘上飞快地摊好，随意地塞在包装袋里便递给顾客；在专门吃可丽饼的餐馆里吃的可丽饼多是四方形，圆饼的四边向内折，放在盘子里端给顾客。不论是哪一种，样子都不是日本那种精致风格的。

不知是什么人把 crêpe 翻译成了"可丽饼"，算得上音译，可选的字又跟本身的发音离得较远，朗朗上口，又很可爱，没有吃过可丽饼的人都生出了一些向往。我曾自嘲：如果让我翻译"沙拉"，我会翻译成"凉拌菜"，因为在哈尔滨人们吃很多生的蔬菜，比如凉菜（白菜丝、黄瓜丝、干豆腐皮丝、拉皮等拌在一起，酱汁风味取决于各家喜好，所以有家常凉菜、山东凉菜等分类）、大拌菜（副食商场里常有大拌菜摊档，可自选蔬菜和酱汁，辣味居多）和蘸酱菜（蔬菜蘸酱生吃）。面对沙拉，我马上想起吃过的类似食物。如果我是第一个翻译可丽饼的人，我或许会翻译成煎饼。

法国煎饼分为两类，甜口的叫 crêpe，咸口的叫 galette。"可丽饼"是 crêpe 的翻译，而咸口的 galette 被忽略了，或者说被错误地归入了 crêpe 内。虽然 galette 有很多别的意思，比如国王饼里的"饼"用的也是这个词，黄油小饼干也可能被叫作 galette，但是在说到煎饼的时候，galette 指的是咸口煎饼。街头摊档的煎饼以甜口为主，专门做煎饼的餐馆甜咸兼营。雷诺阿的油画《煎饼磨坊的舞会》(*Bal du moulin de la galette*) 完成于 19 世纪 70 年代，这个煎饼磨坊位于巴黎蒙马特，当时这个磨坊不仅磨面粉，还在葡萄收获季节压榨葡萄汁。如今蒙马特还有巴黎市区内唯一的葡萄园。据说蒙马特的磨坊做的 galette 其实不是煎饼，而是黑麦面包

（pain de seigle）。galette 这个词具体是什么意思还要看语境。在本文中，"可丽饼"专指甜口煎饼，"煎饼"包括甜口和咸口煎饼。

煎饼是布列塔尼的名产。巴黎有名的煎饼专门餐馆集中在蒙巴纳斯。据说从布列塔尼开往巴黎的火车的终点站是蒙巴纳斯火车站，布列塔尼人在巴黎落脚便选在蒙巴纳斯火车站周边，有一些人选择了开煎饼餐馆。我第一次去是一对老师夫妇带我去的，老师的妻子坐火车回巴黎，在蒙巴纳斯站下火车，他请我在蒙巴纳斯站跟他们碰头。那是我第一次去蒙巴纳斯火车站，从地铁出来以后顺着标识牌走到地上以后正好迎面遇到了老师，真是幸运。

老师夫妇带我去了一家田园装修风格的煎饼专门餐馆。在煎饼专门餐馆里，要先吃一个咸的煎饼作为主菜，然后再吃一个甜的煎饼作为甜点。咸口煎饼里有贝类、香肠、火腿、奶酪等，配有沙拉，分量不小，确实能当一道主菜。甜口煎饼里往往有奶油、水果、焦糖咸黄油、冰激凌等。

吃煎饼同时还要喝苹果酒（cidre），苹果酒是法国布列塔尼和诺曼底的名产。苹果酒在巴斯克地区被发明，被西班牙水手带到了布列塔尼和诺曼底。根据传统制法，苹果里的酵母分解掉糖分，在发酵过程中变成了酒精和二氧化碳，形成了带气的苹果酒。工业大规模制作的苹果酒是人工加入二氧化碳的，因此传统制法的苹果酒的气泡更细、更小。

专卖煎饼的餐馆都有苹果酒，往往强调自家提供的苹果酒是具体某地的产品，不是工业制品。苹果酒根据酒精度数分成不同的种类，常见的种类是甜口苹果酒（doux）和干苹果酒（brut），甜口苹果酒的酒精度为 2.5%~3%，口味偏甜，果味明显；干苹果酒的酒精度为 5%~6%，酒味更重。苹果酒总体上比红酒便宜，不能储存多年，需要尽快喝掉。

老师夫妇带我去吃煎饼那次，在吃咸口煎饼的时候喝了苹果酒，吃甜口煎饼作为甜点时，喝了卡尔瓦多斯苹果烧酒（calvados）。这种酒是一种产地命名限定的酒，只有在法国诺曼底的卡尔瓦多斯及其附近的几个市镇生产的苹果烧酒才能被称为"卡尔瓦多斯"。卡尔瓦多斯苹果烧酒的酒精度在40% 左右，我喝了一些就晕晕乎乎的，说法语也不变位了，直接甩动词原形，两位老师大概后悔带我喝了酒。

煎饼一年四季随时都可以吃到，它却是一种与节日相关的食物，在法国 2 月 2 日圣蜡节（Chandeleur）是吃煎饼的日子。1 月中下旬开始，国王饼渐渐退出超市的货架，成包的现成可丽饼，自制可丽饼用的面粉、榛子酱等开始登场。商场趁着冬季打折在平底锅旁边贴宣传海报：要到圣蜡节了，要不要买个平底锅呢？

圣诞节之后的第 40 天便是圣蜡节。据说这个节日本来是异教节日，圣蜡节的名称被认为来自拉丁节日蜡烛节（festa candelarum），后来被改造成基督教节日。耶稣被呈上圣殿，被西面（Syméon）承认，是为光。这一天人们把马槽收起来，吃象征着冬天里缺乏的阳光的可丽饼。罗马人在 2 月 15 日庆祝牧神节（Lupercales），有一种说法是教宗哲拉旭一世（Gélase I）在 472 年把牧神节和圣蜡节联系在了一起，在 2 月 2 日举行举火把的仪式。也有人认为牧神节和圣蜡节联系在一起发生在 628 年到 731 年之间。

还有一种说法认为圣蜡节跟熊有关，Chandeleur 曾经被写为 Chandelours（尤其是在阿尔卑斯地区、比利牛斯地区和阿登地区，ours 是熊的意思）。据说从古典时期到中世纪中叶，日耳曼人、斯堪的纳维亚人和凯尔特人崇拜熊，庆祝熊在 1 月底或 2 月初结束冬眠。熊喜欢在冬眠结束以后从窝里出来，确认是否足够暖和。

我之前住的宿舍曾在圣蜡节组织一起做可丽饼的活动，

总管阿姨提供了一大瓶榛子酱。活动以后，那瓶剩了不少的榛子酱不翼而飞。曾跟朋友一起在圣蜡节当天去蒙巴纳斯的可丽饼专门餐馆，排队的人很多，像冬至当天在北京找餐馆吃饺子。我点了一个拉风的甜口可丽饼，上面有一球香草冰激凌，还淋着一层烧酒，服务生端着盘子过来，用打火机把烧酒点燃，蓝色的火焰在可丽饼上游走，带走酒精。

可丽饼容易做又好吃，适合大家一起做，有分享食物的快乐，又有亲自动手的成就感。可丽饼上可以涂榛子酱、巧克力酱、果酱，还可以放水果，全凭个人喜好，发挥空间很大，是一种很随和的食物。寒冷的冬天里吃甜食，没有不开心的道理。不论是木柴蛋糕，还是国王饼和可丽饼，我觉得冬季时令点心最大的功能在于让人在寒冷里有些盼头，想着吃完这个再吃那个，都吃过一轮以后，冬天最难熬的那段日子就过去了。

2021 年 1 月

2

在绘本里重新长大

去爱吧，爱世界也爱自己！

秋天读波米诺

秋天到了，我的朋友豆发给我一张照片，左边写着"栗子香甜软糯的棕色"，右边是一堆棕色的栗子，咦？中间还趴着一只粉色的小象。它的眼睛睁得大大的，很陶醉的样子。那是我第一次看到波米诺。豆之前曾推荐波米诺系列给我，她说觉得我会喜欢这个故事。当时还是夏天，我为了躲避炎热的天气常常去国家图书馆蹭空调，想着之后有机会去绘本阅览室找找这个波米诺。天气很快转凉了，今年的天气很奇怪，9月中旬都还很热，然后突然降温入秋，那之后我就没有再去过国家图书馆了。

从波米诺沉浸在栗子堆里的那页，我跟豆讨论了秋天的栗子、栗子蛋糕和栗子泥，最后又绕回了波米诺。我查了以后才知道波米诺在法语里原来是 pomelo，是葡萄柚的意思。法语里葡萄柚的全称写作 pamplemousse，市场的水果摊有时候为了节省空间就会在价格牌子上写这个词的简写形式，就是 pomelo。想象了一下粉红色葡萄柚皱巴巴的皮，忽然感觉如果有一头粉色的小象，那么它的皮大概应该是粉色葡萄柚那样的，叫这个名字真的是十分恰当。

今年春天，我常常出门散步，新冠疫情期间每天可以出门在住所周围半径一公里的范围内散步一小时，那段时间我几乎走遍了附近的小街。每天都尽量走不同的路线，那阵子开门的店铺十分有限，只能尽量去不同的地方散步来转换心情。有一次我忽然感觉脚下的这块地怎么软软的，像是公园里幼儿游乐设施区的那种地垫，地上还画着跳房子的图案，转头一看，发现原来是在一家绘本图书馆门前。他们真是贴心，绘本图书馆的主要读者应该是孩子吧，所以在门前铺了适合孩子们玩耍的地垫。上周，巴黎在下了十几天的雨之后难得地晴天了。午睡之后我忽然想起了宅家期间散步路上发现的那家绘本图书馆，或许那边也有波米诺，也许不用坐车去国家图书馆就能看到了。

推开图书馆的门，按一泵免洗消毒液，我走到了前台。

我说想办一张卡，馆员说请上楼。于是上楼，楼上的馆员是一个大概二十多岁的女生，很年轻，她跟楼下的那位馆员一样，带着好奇的眼神看着我。大概是在想为什么一个外国人、一个大人要来这个主要是孩子们来的图书馆呢。她让我填一张表格，然后看了我的证件，不到五分钟，读者卡就办好了。她对着我的证件，一个字母一个字母地确认，用黑色记号笔把我的名字写在了读者卡上。然后她跟我讲了一下借阅的时长、如何续借以及一共可以借多少本书。然后她问我还有什么问题吗，我说没有问题，只是能不能把我的证件还给我。她忽然不好意思，跟我道歉说她忘记了。于是我就开始在阅览室里面找书了。

我习惯性地像在大学图书馆那样走到了电脑前面，开始在书目网站上检索，我在搜索框里打下了"Pomelo découvre"（《波米诺去探索》），一下子就找到了，这间图书馆果然有波米诺，而且不止这一本，这里也有波米诺系列的其他绘本。我记下了索书号，开始往书架那边走。忽然发现书架都很矮，每个书架只有两层，这是为孩子设计的高度。于是弯下腰，开始找书。这里的书不是像大学图书馆那样紧紧挤在一起的，面向读者的是封面，而不是贴着索书号标签的书脊。一时不知如何找起，于是开始逐个架子翻找。

刚才为我办卡的馆员过来了，她问我找什么书。我说了，波米诺。她笑了一下，用一种"啊，果然是这样"的语气重复了一遍，波米诺。她迅速地在书架上找出了书，问我是这本吗。我说："其实哪一本都行，我没有读过波米诺，哪一本都可以的。"她穿行在书架之间，迅速地找出了三本波米诺给我，又有些犹豫地给我看了另一本波米诺的封面，她说："啊，这本是英语的。"然后就要把书往回塞。我说："没有关系的，英语我也能读。"于是也借了那本英文版的波米诺。虽然波米诺是法国的绘本，英语版也没有关系的。

我又借了几本其他的绘本。选了一些跟秋天和冬天有关系的故事。最近正是换季的时候，气温骤降，下很多雨，其实心情很低落，还没有接受夏天和阳光已经离开了的事实。打算看看小动物们如何度过秋天和冬天，让自己也有一些换季的准备。巴黎的夏天有多么快乐，冬天就有多么难熬。

抱着八本绘本去了馆员那里。本着尽量减少接触的原则，馆员现在不碰书，而是让读者拿着书，逐一展示书的条形码，以便让馆员扫码。她扫完了八本的条形码，告诉我书已经借好了。我从包里掏出了环保袋。那是一个在宜家买的可折叠的环保袋，平时不用的时候可以塞进附带的小袋子里，大概只有手机屏幕那么大。我迅速地把袋子展开，把八本绘本放了进去。馆员略显惊讶地看着我。哈哈，我是有备而来的呀。背着满满的一袋书，去买了秋天限定的栗子茶，之后在公园里晒太阳，感觉很满足。我在公园里读完了《十四只老鼠的秋天进行曲》。小老鼠们在秋天的森林里采集蘑菇、栗子和橡子。

回家以后我开始看波米诺。我看的第一本是《波米诺提问题》。波米诺心思很细腻，它对它周围的一切都充满了好奇，番茄、草莓、它最爱的蒲公英……它问了很多问题，最后甚至开始思考为什么要问这些问题呢。我感觉自己好像也变小了，不是年龄，而是个头，我开始想象自己像波米诺一样小，就是还没有蒲公英高。如果这样子小小的，穿行在大自然里，是不是会有不一样的发现呢？之后的几天，我在去公园散步的时候开始做这样的练习，试着看地面上的东西，看那些树根下、草丛里的东西。它们不再是散步路上的绿色背景，而是可以发现的新目的地。果然，我发现了之前从未见到的紫色小花，它们静静地开在一棵大树的树根周围，安静又可爱。

然后，我看了第二本波米诺，《波米诺在回忆》。这一本我看的是法语版，于是很明显地发现了作者想要让孩子学习过去时的意图。法语里的过去时有特别的变位，对于外语学习者而言有些头疼，想必对法语母语的孩子而言也不是能简单习得的。在这本书里，波米诺在回忆那些它在春天时体会过的美好事物。我也觉得伤感起来，真的不想过冬天。很冷，我的住处没有集中供暖，用的是电暖器，还要绞尽脑汁思考如何尽可能地节约一些暖气费。

　　波米诺的故事其实不完全是写给孩子的，作为大人也能得到同样的感动，也会想起自己小时候的一些念头。不过，我还是很感慨作者的语言功底，他们如何能在法语的那么多词里选出了一些常用的、不奇怪的词，却用自己的方式把它们组合在一起，形成了独特的诗意呢？多么可爱的大人才能想出或者说是回忆起孩子们说话的方式呢？在这个故事里，波米诺回忆蒲公英，它说蒲公英是春天来的、秋天走的。它不说生长和枯萎。

　　然后我开始读第三本波米诺，这是馆员拿给我的那本英文版，这本叫《波米诺在长大》。有一天，波米诺在经过它最爱的蒲公英的时候，发现蒲公英好像很小，它经过一番测量之后发现原来是自己长大了。它感觉到身体里有巨大的能量，于是它开始思考自己是不是能做一些从未做过的大事。我被波米诺细腻的心思击中了，它在思考如果自己要长大，那么在长成大号的自己之前需要先长成中号的自己吗？它还担心自己的身体的各个部分会不会长得不均匀，也不知道自己身体的内部会发生什么变化。波米诺对于成长的一个疑惑至今也仍是我的疑惑，虽然我大概十年以前就没有再长高过了。波米诺在思考长大是不是等于变老，而变老是否意味着会有更多的智慧。

波米诺的作者真的很幽默，他们不是当读者不存在，自顾自地讲故事，而是与读者进行直接的互动。波米诺担心自己长得太大以后绘本的页面就装不下它了。它迫不及待地长大，趴在书页的右上角，焦急地说："好想赶紧翻页啊，想看看之后会发生什么。"这些都是打破读者与故事的界限的幽默尝试。波米诺的天真里带着勇敢，它畅想一个自己从未经历过的长大了以后的世界，并且期待在那个世界里做一些自己可能从未想到的事。它对未来有很多的期待，又有一些小小的犹豫和担忧。它在想自己完全长大以后是不是就可以做它想做的任何事，还是说依然得做一些它不得不做的事。这些问题也是我曾经思考过、现在也在思考的问题，我感觉自己似乎也还没有到"完全长大"的程度，波米诺提出了这些问题，它自己也还没有答案，可是不知道为什么它的话却给了我一些鼓励。有时候是波米诺在说话，有时候是作者在说话。作者说长大就意味着要做选择和尝试新东西。已经在长大途中的我对这些话有自己的体会，却也忍不住想象如果我在还是一个孩子的时候读到了这样的句子，会不会对未来有更多的期待和希望呢？

　　我现在在写一个不知道何时能写完的论文，做研究的过程其实也就是在寻找知识，去了解更多，有时会在某个地方感觉毫无线索，论文的进度卡住了，这种时候会觉得格外沮丧。而波米诺的态度让我觉得这一切也都很正常，说到底还是要有求知欲和好奇心。波米诺想了解这个世界的各种东西是如何运转的，它想知道这个世界上的其他人都知道什么，也想了解一切人们尚未了解的事物。它没有任何犹豫，它想了解更多、知道更多。到了这里，我感觉波米诺真是一个勇敢的人，我甚至开始犹豫该用"它"还是"他"来称呼这只可爱的小象。故事的结尾，波米诺在思考了很多以后不再害怕了。他不再害怕离开自己的小花园，他明白了成长意味着要跟一些东西说再见，也要接受别人对自己说再见。我忽然感觉到了淡淡的伤感，可又觉得好像确实是这样。这本书的设计也很用心。在故事还没有开始的第一页画满了矮矮的小蘑菇，而在故事结束的地方，那些蘑菇长大了、长高了。这是多么有趣的呼应。

今年春天以来很少去餐馆外食，朋友们习惯了在各自的家里相聚，做些简单的饭菜，一起聊天，一起分享最近的生活。最近有朋友来我家玩，我跟她们分享了《波米诺在长大》。其中一个朋友看到了封面上那个把尾巴绕成了长方形、塞进封面边框的小象，她说："啊，好奇怪啊。"我说："你慢慢看。"她看到一半的时候开始感叹："它好可爱啊。"合上书的时候，她说："它真可爱啊。"我说："是因为你看完了这个故事，刚才第一眼看到波米诺的时候你还说它样子奇怪呢。"波米诺就是这样一只可爱的小象啊。另一个朋友说："看完这个故事，感觉自己好像能面对生活中的一切事情了，真美好啊。"这个被认为是写给孩子们的故事也治愈了我们这些大人。

我的朋友看到封面的作者名字觉得这名字很法国，她问我为什么书是英文的。我说这书确实最开始是法语的，是法国作者写的，我又跟她讲了如何在绘本馆借到了这本英文版的故事。是因为波米诺很受欢迎啊，所以才有了英文译本，现在还有了中文译本。我们又很好奇地在网上搜这两个作者，找到了一个他们的访谈。在访谈里，他们说没有设定波米诺的读者的年龄，他们只是画一些让他们自己觉得感动的东西。原来如此，所以波米诺是一个超越年龄的绘本。我也因此知道了波米诺得名的过程，原来是作者 Ramona 在构思故事的期间曾喝了一瓶葡萄柚果汁，那果汁瓶子的标签上写着"pomelo"，于是这只花园小象就被叫做波米诺了。不过，我觉得我之前自己想象中的粉色小象的皮像粉红葡萄柚的皮的联想也很不错的。

2020 年 10 月

去旅行吧！去爱吧！

去年以来，旅行似乎变得不再是一件容易的事了。我曾写自己在超市里旅行，把买从未吃过的东西当作探索未知的世界。有人觉得我这种超市旅行很可笑，还有人自嘲说自己是在网上旅行，可是这又有什么不可以呢？如果说旅行是一种发现未知的过程，那么在哪里都可以旅行。波米诺可是在厨房里旅行。

去年秋天我第一次知道了波米诺的故事，读了《波米诺在回忆》《波米诺提问题》《波米诺在长大》。上周在书店偶然看到了《波米诺去旅行》和《波米诺恋爱了》，翻了几页，感觉十分有趣，但是又不好意思在书店一直翻，于是去图书馆预约了这两本书。

我看的第一本是《波米诺去旅行》。波米诺常常被人称为花园小象波米诺，而花园也正是他熟悉并且依赖的空间。对于波米诺而言，去一趟人类的厨房都算得上一次旅行。波米诺个头很小，从他的视角来看，厨房是一个巨大的未知世界。他不小心掉进了茶壶里，咦，这水很暖和，像是在泡澡一样舒服，而且里面好像还有花，液体也不那么透明，波米诺在茶壶里做起了梦。

他又跳到了咕咕洛夫蛋糕上，这种用特殊的模具烤出来的蛋糕上覆盖着糖霜，但在波米诺看来这是一种又软又甜的雪。花生漫画里的莱纳斯（Linus）曾在伸出舌头尝了雪的味道以后说应该加点糖。如果他能跟波米诺相遇的话，波米诺或许会告诉他厨房里有一种甜的雪。

然后他又从番茄的皮上滑了下来，滑倒的过程中撞翻了装餐具的沥水桶。波米诺还不知道那是番茄，他感觉自己是从"世界的皮"上滑下来的。然后他掉在了长毛地毯上，波米诺没比地毯的绒毛高多少，身处其间也是一种全然陌生的体验。他看到了连成一串的小闪灯，可他却以为那是太阳，他说那边有一堆连成一串的太阳！他又落到了印花布包着的沙发上，波米诺看着那些印花纳闷，这些花怎么没有香味呢？他钻进了掉在地上的袜子里，想着这隧道怎么没有尽头。

最后波米诺发现了一个好地方，那里又软又舒服，他在那儿休息了一会便睡着了。那是一个装满苹果的木板箱。可是他却不知道这箱苹果将被放在卡车里运走。在运输苹果途中，波米诺开始感觉困惑，啊，为什么自己正用如此快的速度移动？我在哪儿？我是谁？……虽然充满了疑惑，但又觉得很快乐，因为正在以从未有过的高速移动着，感觉到自己活着。这似乎也是我在旅行中的体验，因为去了陌生的地方，反而有了更多的机会思考自己。

波米诺还去了小土豆王国，在去那里之前他跟花园里的小土豆是好朋友，可是他从未想过有一个土豆国，那里生活着很多土豆。他发现自己语言不通，土豆们说的话他听不懂，又不懂土豆国的风俗习惯。土豆们把叶子盖在波米诺身上，波米诺在想他们这是在干吗呢。他们是要给我治病吗，还是要照顾我，还是要把我当成食材做成菜，还是要取笑我……？可最终波米诺发现自己似乎有点明白土豆国的语言了，虽然不全懂，但是他知道在发生什么了，也明白了土豆国的土豆们都很善良，在用土豆的方式对他好。这是不是很像我们去国外旅行的经历呢？语言不通，风俗不懂，可最终又发现人们都善良友好。

去年 3 月中旬法国开始了第一轮宅家，彼时人们尚未从震惊中恢复过来，为只能待在自己的小房间里而感到苦恼。人们开始调侃，提议读那本《在我的房间里旅行》（*Voyage autour de ma chambre*）。这是法国作家泽维尔·德·迈斯特 Xavier de Maistre 在 1704 年写下的自传性叙述，写这本书的时候作者 27 岁。而真的有多少人去读了这本书呢？我不知道。我并没有读，可是仅是这个书名便已经提供了一种乐观的态度。在自己的房间里旅行有何不可？

波米诺在厨房的旅行以人类的视角来看似乎显得荒唐可笑。封底上作者认真地开着玩笑，本书（本次列车）开往未知的世界（终点站），途经厨房、茶壶的底部、咕咕洛夫蛋糕的顶部、长毛地毯、袜子的尽头、苹果木板箱和马铃薯乐园（车站），然后一本正经地附上了路线图。可如果在日常生活中以波米诺一般的态度看待事物，是不是会发现一些未曾了解的诗意呢？那种大肚子的茶壶、不锈钢的过滤茶球（虽然在国内往往在炖肉、卤肉的时候装花椒大料）、沥水筒、串串灯和长毛地毯都是法国家庭中司空见惯的东西，没什么特点，似乎家家都有，可是如果仔细观察，在这些寻常的物品中也能发现美。如果我们也能做到这样，是不是会有更多的快乐？

我又读了《波米诺恋爱了》。在读到这本书之前，我以为这是一个恋爱的故事，因为在其他的波米诺书里有提到波米诺很喜欢蒲公英，我以为这本书是讲他跟蒲公英相遇、爱上蒲公英的故事。可读完以后我才明白：这根本不是人类那种庸俗的恋爱故事，波米诺爱世界、爱四季、爱自己。

这本书分为三小节，第一节名为"波米诺喜欢"，第二节名为"消失"，第三节名为"波米诺是一只很棒的小象"。在第一节里，波米诺还没有走出他的花园。他喜欢菜地里第三行的第十一棵萝卜，他喜欢昆虫奏响的音乐，他喜欢月亮。他喜欢不同的东西，而且这种喜欢不是没来由的，他有自己的理由。波米诺喜欢那块灰色的石头，因为除了波米诺没有别人喜欢它。波米诺喜欢朝鲜蓟的紫色花，因为那很稀有。他喜欢自己的影子，因为影子一直都在。他喜欢花园的园丁，因为他干活干得很好。他还喜欢他的蒲公英，当然了！他喜欢周围各种各样的东西和人，而他喜欢的理由不一样，是因为他能在各种东西和人身上都发现他们的可爱之处。他怀着积极的态度，认可周围的物和人，向他们表示自己的喜欢。

第二节讲的其实是冬天的到来。花园是大自然的一部分，夏天里繁茂的枝叶和秋天结下的果实都会消失，天气变得寒冷，天空也开始变灰，波米诺觉得花园里的植物都不对劲。作为一只小象，他似乎不知道四季流转的规律，于是他很难过，他发现他喜欢的伙伴们都要消失了，他想挽留它们。风把蒲公英的绒毛种子吹起来，波米诺不想让他的朋友消失，他拼命地把自己的长鼻子卷起来，想抓住那些飘散的种子。

可这种努力是徒劳的，冬天还是来了。不过冬天也带来了雪，波米诺很快发现了滚雪球的快乐，他从一个斜坡上滑下去自己也变成了一颗雪球（喜欢雪球的朋友也可以看《轻松熊与小薰》，里面也有轻松熊把自己滚成雪球的情节）。他在雪地上踩下自己的脚印，穿上雪橇滑雪，又躺倒在雪地上，在雪上留下自己的印记。波米诺发现了冬天的好的一面，冬天不仅有令人难受的一面，也有令人快乐的一面。波米诺也爱上了冬天。

第三节的法文标题是 Pomelo est éléphantastique，这是一个不存在的词，是作者仿照 fantastique（棒极了）创造出来的，是个谐音梗。可又很巧妙，表现出了波米诺作为一只小象很炫酷、很棒，做自己就很棒，是一种自我接受。这一节的开头，波米诺自言自语，他在蒲公英底下待着，都忘记了自己很棒这件事了。

为什么很棒呢？波米诺是粉色的小象，所以如果在一个粉色的背景里就可以隐身了。他很小，行动很方便。可是跟别的昆虫比起来，又算是个大个子。他觉得自己长得很美。而且皮肤的材质也很好，因为是不透水的，下雨天也不怕。他又很会说温柔的话，总是能让草莓感到脸红。他闭上眼睛的时候就能飞起来，哈哈，其实是想象自己在飞，可是也很快乐呀。他笑的时候牙齿不会露出来。

这些特征在旁人看来似乎难以称之为优点，可是波米诺在自己身体的种种特征里都看到了好处。他接受自己本身的样子，觉得自己是可爱的，有很多长处。他不是通过压倒其他人来确认自己的，他只看自己就觉得自己很好。波米诺爱自己。

在封底上，我们可以看到很多不同的东西，后面跟着一个百分比，我觉得这是波米诺对这些事物的喜爱的浓度。而这个列表的最后是"波米诺100%"，波米诺爱很多很多东西，可是他百分之百地爱自己。如此自信！

这世界上流传着一个谣言：绘本是给孩子看的，或者是给那些有童心、没长大的大人看的（说这种话的人往往认为这种大人是幼稚鬼）。可是真的是这样吗？我读了《波米诺去旅行》和《波米诺恋爱了》以后，明显地感觉到这两个故事虽然孩子也能看懂，但明显是大人更应该看的书。孩子虽然也有烦恼，但与大人的烦恼比起来，规模还不算大。那种在日常生活中发现美、爱周围的一切人与物、爱炎热的夏天和寒冷的冬天、无条件地接受自己和爱自己的态度，难道不是大人更需要的吗？绘本只是一种由图像展现的故事，并没有年龄的限制，法国的绘本年龄分级写的不是几岁到几岁的封闭区间，而是"几岁起"，是说几岁开始就能看懂这个故事了。绘本从来没有把大人排除在外，大人也不必因为感觉自己闯进了儿童的世界而恐慌。

波米诺是一个有着巨大的诗意和生命力的故事。而那种诗意还体现在翻动书页带来的奇妙感觉里。在看眼前的一页的时候，没有想过后面一页会有什么，可真的翻过去以后，发现后面那页的句子充满惊喜。这种出乎意料本身就形成了一种修辞，是一种由翻动页面形成的诗意。我举两个例子：第一页写着"波米诺喜欢"，我看到的时候在想他到底喜欢什么呢，翻过去发现第二页写着"第三行的第十一棵萝卜"，一下子忍不住笑出来。第二个例子：第一页上写着"在他的蒲公英底下待着，波米诺有时候忘记了自己是一只小象"，翻过去下一页是一只披着超人那种斗篷的波米诺，旁边写着"真的很棒的一只小象！"

希望你也能从波米诺身上看到一些什么。去旅行吧，哪怕在日常生活的寻常事物里。去爱吧，爱世界也爱自己！

2021 年 3 月

我好像有了猫——读《小猫恰皮》

我没有猫，但是一直想养一只猫。现在的公寓虽然狭小，但是房东并没有禁止养猫，合同上写着可以养猫和狗，只是禁止养高于 1.5 米的大型犬。可是我还是没有养猫，一是觉得空间太小，如果养了猫的话，猫可能会觉得憋屈。而更主要的担心在于不知自己未来会去何地，目前似乎正处在一种临时状态中。虽然现在也能坐飞机托运猫，还是决定放弃了。不过我对猫的热情并没有因为我没有养猫而减少，猫是完美的。

法国人很爱猫，有一句俗语，大意是如果一个屋顶下面没有猫，就好像生活中没有阳光。他们确实爱猫，所以猫似乎都被养在了家里。我几乎每次去超市都能看到排队在我前面的人买猫粮或是大包的猫砂，却很少在路上见到流浪猫。偶尔在路上遇到猫，也都不是流浪猫，看得出来是附近的人家养的猫跑出来散步而已。无奈之中，我开始在现实以外的地方寻找猫，时常对着屏幕看着别人家的猫傻笑。如果去猫咖是养猫的替代，那么开始宅家以后连猫咖都不能去了，只能在网上看别人去猫咖的视频，所以这是不是养猫的替代的替代？我曾发出这样的疑问，我的朋友回答我：还是不要套娃了吧。

很碰巧，最近朋友推荐了一本与猫有关的绘本给我，我得以在书中与猫相遇。曾在日本的书店里见到"猫本"（与猫有关的书）的分类书架，我觉得这十分必要，也十分合理。猫是多么重要的存在啊。福冈市还有一家专门卖有关猫的书的书店，店名取自夏目漱石的《我是猫》，名叫"吾辈堂"，我在这家猫本专门书店的网站上看到了《小猫恰皮》的日文版的封面。

我读的这本书的主角是一只叫恰皮的猫。チャッピー（恰皮）似乎是日本常见的猫名字，我感觉可能有点类似很多中国的猫叫"咪咪"。"恰皮"的日语的发音很俏皮，"恰"，然后空一拍，然后是一个拖着长音的"皮"，听起来又亲昵又可爱。恰皮是一只在海边出生的猫，它是渔夫家的猫下的一窝小猫崽里的一只，鼻子上有一块黑色的花纹，身上有黑色的部分，有白色的部分，也有灰色的部分，看起来似乎是一只平凡的短毛土猫。虽然跟我理想中的猫不一样，但还是觉得它非常可爱。插一句，我的理想型猫是橘色和白色搭配的短毛土猫，如果可以的话，最好肚皮和脚是白色的。曾有朋友觉得我的标准很可疑，既然表示了喜欢土猫，为什么还要对猫的脚的颜色有具体的要求？！我确实无法回答，可是对猫的样子的偏爱是存在的。不过，我坚定地热爱一切土猫，而且丝毫不觉得"土猫"这两个字是一种蔑称，正如同圆滚滚的土锅可以用来在冬天做出美味的汤和炖菜一样，土猫也很好，我觉得"土"其实是生命力的象征。

这只出生以后被装在盛鱼用的纸箱里的猫被一个家庭收养了，它得到了这个家庭的所有人的宠爱，家里的女儿还在上小学，正是这个小女孩给小猫起了名字，从此无名小土猫成了"恰皮"。家里的男主人也很喜欢恰皮，连看报纸的时候都要把恰皮放在膝盖上。啊，真的感觉好羡慕，在我的想象中，如果我有了猫，也会把猫放在膝盖上。想起村上春树曾写过他养的猫，他年轻的时候有一段时间很穷。哎，真是难以想象吧，现在有名到了年年都有人盼着他能得诺贝尔文学奖的程度的作家（当然每年都还有另一拨人在得知结果以后嘻嘻一笑，嘿，又没中吧）当年居然也穷过。他曾经住在铁道交叉的一个地方，因为噪声很大，而且房子的形状也很奇怪，据他的形容是芝士蛋糕形状的房子，所以房租很便宜。他那时穷到了不舍得开暖气的程度，夜里抱着猫睡觉，用猫取暖。恰皮也会钻进主人的被窝，但它不是要给主人提供温暖，而是觉得外面太冷了。恰皮真的是很懂生活，又很自我。我在想：如果有猫的话，是不是很多生活里的困难都会显得小一点呢？

恰皮给一家人都带来了很多快乐，它并不是用讨好主人的方式博得主人一家的喜欢，而是通过自顾自地做自己而让人感觉到猫的存在真是太好了。恰皮喜欢吃玉米，想起一位友邻家的猫也很喜欢吃玉米，友邻曾发出这样的疑问：这只猫上辈子是农场里的猫吗？看来猫似乎普遍性地喜欢吃玉米。恰皮很懂得享受生活和为自己寻找舒适，它知道房间里哪里暖和哪里凉快，总能给自己找到舒服的安身之所。恰皮还会听音乐，而且戴着耳机的时候还很享受（世界上竟有尝试给猫戴耳机的猫主人?!）。它会在主人打扫卫生的时候跑去蹭扫帚，大概是能解痒吧，它觉得很舒服。下雪的时候，它就蹲坐在窗边看雪，也不知它看见了什么。恰皮好像是一只很会给自己找乐子的猫，它享受生活，也享受自然。我很羡慕它，正如同我羡慕所有的猫。因为猫好像天生就懂得要放弃那些让人（猫？）痛苦的东西，只去追求快乐，可以用很多时间躺平睡午觉。我在猫身上看到作为人的我不能实现的一种理想的生活状态。它好像无忧无虑，又无忧无虑得理所当然的样子。其实不是喜欢猫啊，是想当猫。

但是恰皮不是一只完全沉浸在自己的世界里的猫，它也很喜欢它的主人。它用猫的方式跟主人表达自己的感谢，比如抓一些让人类感觉惊恐的鸟啊小动物啊之类的，递到主人面前，仿佛是它送给主人的礼物。它也会在主人出远门的时候想念主人，主人一回来就咻咻咻地从楼上一路狂奔，从楼梯上跑下来。恰皮的主人出远门是去了巴黎呢。恰皮得到了很多关爱，它的主人是一位画家，它在主人刚画好的作品上踩下猫爪印，把一切都搞得乱糟糟，可是主人并不会跟它生气和发火。啊，如果我是一只猫的主人的话，我能做到这样吗？

可是猫也有作为猫的猫生之路要走。恰皮是一只母猫，所以它按照自然界的规律成了一个猫妈妈，它生了一窝小猫，并且爱护自己的小猫。它的孩子被车撞了，这之后它也变得害怕汽车。它多么爱它的孩子们啊。恰皮从小猫长成成年猫，然后就要变成老猫。主人一家已经习惯了恰皮的陪伴，以为恰皮会一直在的。可是恰皮却在变老，它生病，也变得脆弱。它的肌肉不再像年轻时那么有力，它跟邻居家的小动物打架的时候也会输。可是它还是尽力做一只让人安心的猫，主人家搬家很多次，可是它没有因为搬家而感觉不安，仿佛在主人身边就一切都好，搬家了也能安心地呼呼大睡。可是恰皮还是迎来了自己生命的尽头，它活了将近 23 岁，对于平均寿命是 16 岁的猫来说，恰皮真的是一只长寿的猫。大概是土猫独有的生命力吧！

故事结束了，我忍不住感到难过，就好像恰皮是我的猫一样。可是我在读这个故事的过程中，确实体验到了一种有猫的人才能体验到的猫带来的快乐。猫的活泼、调皮、天真，猫给人带来的抚慰，虽然我没有猫，但是在这个故事里，我感觉自己好像有了猫。我开始好奇是什么样的人想出了这样的一个故事呢，查了资料以后发现，这根本不是一个虚构出来的故事，而是作者的亲身经历。是啊，如果是通过想象编织出来的故事，怎么能有这么多动人的细节呢？

《小猫恰皮》的作者名叫小鲛矢雪，看起来好像是个女生的名字似的，但是故事里的猫主人明明是个大叔，从养恰皮的时候就有一个在上小学的女儿，在恰皮去世的时候成了戴着老花镜抱着恰皮大哭的大爷。这才发现他的日文版绘本的署名是ささめやゆき，只用假名，而不用汉字，所以从日文的署名来看，确实是看不出明显的性别的。他也曾在2011年的一次演讲的开头自嘲："大家肯定都以为我是女性吧，其实我是有老婆也有孩子的男性。"他解释说ささめやゆき（sasameyayuki）是自己的笔名，本名是まさゆき（masayuki）。

而在查资料之前，我一直感觉绘本的风格像是小孩子用蜡笔画的，充满了童趣，没有想到作者竟然是1943年出生的！他也曾自谦地说："我感觉自己画得不好，正因为感觉自己画得不好，一直想达到某种程度，所以才一直画着。或许有觉得孩子画画画得不好所以让孩子去学画画的家长吧，那会怎样呢？因为画得不好，所以就保持那种水平，这种想法其实是不行的。要自己想着自己要达到一种什么程度，一点一点地积累，这样才好啊。而且我觉得人生也是这么回事。"这哪里算得上是自谦，明明是很努力的人的呐喊啊！这本

《小猫恰皮》有很多地方出现了法语，比如最开始装小猫的箱子上写着 poisson，这是法语的"鱼"的意思，与恰皮出生在渔夫家是呼应的。哟，作者果然在法国留学过。而他去留学的经历正验证了他的这一番话，要努力啊，要达到一个目标啊。

小鲛矢雪只是作者的身份之一，他的本名是细谷正之。他不仅是一位绘本作家，虽然他得过包括小学馆绘本奖在内的很多绘本奖项，他还是一位画家，画油画，也画版画。当他出版油画作品和版画作品的时候，会用细谷正之这个名字。而当他出版绘本的时候会用ささめやゆき这个名字。不知是不是我的错觉，很多日本绘本画家的署名都是只有假名、没有汉字的，这种做法似乎便于小孩子记住作者的名字的发音，而且只用假名的时候也显得亲切。小鲛矢雪是有意识地区分自己两种不同的创作的。

而作品中传达出的感觉是相通的，他的油画作品和版画作品中也有天真感。他还给宫泽贤治的作品配过插图，啊，果然有趣的人的创作都会相遇。而小鲛矢雪的一生并不是只有这两个身份，他在成为画家之前，做着与画家完全无关的工作。小鲛矢雪1943年在东京大田区莲沼町出生，在1945

年的空袭中失去了自己的家，他在海边城市逗子度过了童年。在下定决心要当画家之前，他在集英社工作，编辑日本文学全集。虽然曾一度想辞职去画画，但是没有辞职成功，反倒成了劳动组合的副委员长。可是还是想画画，24岁的那一年最终还是下定了决心，1968年考入御茶水美术学院，1970年到巴黎学习。

1970年要去巴黎比现在麻烦得多，小鲛矢雪先从日本坐船到了当时的苏联，一路上晕船，然后从当时的苏联坐跨欧亚大陆的火车到了巴黎。到了巴黎以后，虽然开始画画了，但是收入却没有增长。旅游签证要过期了，于是决定去美国，买了便宜的飞机票，去了纽约。到了纽约以后在餐馆刷盘子，而餐馆的厨师的签证要过期了，不得不离开美国，餐馆老板提出让小鲛矢雪当厨师。不过他还是坚定地拒绝了，又一次去了法国。在法国骑着自行车到处旅行，结果在瑟堡忽然开始腰痛。有一天，他忽然在英国的广播里听到了一首美空云雀的歌，他因此想回日本了。

1973年，他回到日本，又没有工作，又没有钱。偶然遇到了之前在集英社工作时的熟人，对方邀请他画一些给孩子看的绘本。他很努力地画了，可是最后编辑说还是不行。不过编辑问他要不要给集英社的杂志《すばる》画封面。总编辑很喜欢他的画，于是被采用了。从此以后小鲛矢雪开始画童话故事的插画，也画各种别的东西，一直画到现在。他的人生似乎并不是那么一帆风顺。可是正是这种早年的困难经历打动了我，我好像在他身上看到了勇气和决心会兑现，如果一直想做一件事，心里爱做一件事，那么努力去做，即使花了很多时间，经历很多困难，最后还是会做成的吧。

　　有幸看到了画家本人和恰皮的照片，感觉他们比绘本里还可爱。小鲛矢雪戴着帽子，抱着猫，低头看着恰皮，一脸开心的表情，像是孩子。他也曾在书店的活动上给孩子们表演幻灯纸喜剧，当时也戴着帽子。他有好多好看的帽子啊。我想象中的儿童绘本画家似乎就长这样。

　　画家与猫的相遇真是太好了。画家的工作有了猫的陪伴，出远门去巴黎以后有猫在家里迎接自己，他一定能明白猫带给他多少快乐。而他也是很好的猫主人，因为他给了猫很多自由。恰皮可以自由地在外面散步和探险，它不是一只在家里的猫，所以它才会把在外面捕获的猎物带回来给主人看。看完这本绘本，我觉得好像也陪着恰皮经历了它的猫生，所以，我私自宣布：恰皮也是我的猫。所以看完这本绘本的人就能有一只自己的猫呢，哈哈！

2021 年 10 月

大山的礼物，我也收到了

2020 年我没能去任何地方旅行，已经快要忘记出远门之前又紧张又期待的心情。生活在有限的地理空间里展开，我开始尝试在日常生活中旅行。主要的旅行地点其实是超市，每次去超市都尽量买一两样没有吃过的东西。尝试未曾了解的味道也可以是一种旅行。吃其他地方的食物的时候会想象自己正在那里旅行，我便这样吃了泡菜、辣得流泪却还是要继续吃的火鸡面、味噌汤、稻荷寿司、希腊酸奶、pita（皮塔）饼、水牛奶酪……此外便是在屏幕上旅行，看其他地方的人写的东西，看其他地方的人拍的照片和 vlog（视频日志），虽然不能亲自体验，可还是觉得看看其他地方的样子很有意思。还可以在书中旅行，这似乎是古人擅长的方式，不过现在也不过时。

　　12 月底我读了一个有关秋天的旅行的故事，或许也算不上是旅行。故事的主角是一个叫健治的小男孩，他在秋天乘火车去了乡下的奶奶家。这是他第一次自己去奶奶家，下了火车又换乘大巴车。好在一路都很顺利，他到了奶奶家的时候，堂兄和堂妹已经在等他了。小朋友一定很期待跟小朋友一起玩吧，所以才如此盼望玩伴的到来。晚上全家人一起吃晚饭，乡下的奶奶家还有地炉。榻榻米的中央被挖出一个正方形的洞，把木柴放进去点燃，然后在火上吊一口圆底的铁锅，木头锅盖下面是热乎乎的味噌汤。奶奶家的村子里正在举行秋日祭典，人们热热闹闹地在集市上买小吃和各式各样的可爱小东西，健治也买了酸浆果。

　　第二天，三个小朋友决定一起去爬山，他们带着奶奶特地早起做的饭团出发了。这座山叫做橡果山，山里有很多橡树。健治和堂兄堂妹一起在山里玩，他们爬橡树、采橡果，还收集了好看的落叶。饿了以后就拿出饭团一起吃，边吃边看风景。秋天的山里层林尽染。远远望去呈现深浅不一的颜色。有的树已经很红了，有的刚开始变黄，有的还保持着绿色。芬兰语里有一个词形容这种远远望去秋天的树木呈现不同的颜色的景象，这个词是 ruska。而日语里并没有一个这样的词，在健治看来，这像是妈妈的和服的下摆。

这是一场日本山中的秋日旅行，而作者原田泰治一边讲述健治在奶奶家的经历，一边在描画日本秋天的风物诗。健治奶奶家的柜子上摆着黄灿灿的柿子，院子的木棚下已经堆满了劈好的木柴，有了这么多木柴，冬天在家也可以暖暖和和的。爷爷在地炉边喝着热好的清酒。院子的银杏树已经变黄了，扇形的落叶落在地上很好看，爷爷奶奶没有把落叶扫起来，而是让它们装饰院子。村里的人们在举行秋天的祭典。小径旁的树已经落光了叶子，光秃秃的枝丫似乎在说冬天其实不远了。空地上堆着收拾得整整齐齐的干稻草，阿姨们在河边刷着白萝卜，这是准备腌咸菜用的……人们一边享受秋天，一边为冬天做准备。

久违的平和与安详让我短暂地忘记了此刻现实生活中自己正在经历什么。在原田泰治的画笔下，大自然是温柔的，人也是。在山村的祥和气氛里，人们认真而从容地过生活，接受来自大自然的礼物。秋天是收获果实的季节，可以吃柿子，还可以去森林里采橡子，同时又在安稳里的日常里为即将到来的冬天做准备。我觉得这样的故事就很好，一个故事里未必需要出现一个坏人，也未必需要出现需要主人公去克服的困难。人们享受大自然的美和馈赠，人们彼此温柔相待，这样的故事就很好，或者说，现在需要的就是这样的故事。

原田泰治画了很多日本的乡村景色，他从 1982 年开始在《朝日新闻》的周日副刊连载名为"原田泰治的世界"的专栏，他由此开始画日本各地的风景。原田泰治在自己的网站的自我介绍的开头便写道："这些年我一直在画那些要从日本消失的风景、节日和风物诗。大家的身边目前也还有残存的美好自然吧。街角也还有令人怀念的小店吧。如今的社会大家习惯乘车，其实慢慢地散步看看周围的风景很重要。"

而出乎意料的是：画下日本各地风景的原田泰治竟是一个行动不便的人。原田泰治 1940 年出生于长野县诹访市，一岁时因患小儿麻痹而双腿不能走路，四岁时全家搬到长野县的伊那郡伊贺良村务农。1953 年父亲决定回到诹访市再次开始制作牌匾，原田泰治也因此转了学。童年的乡村经历是原田泰治观察、体会风物的开始。他曾说：身体的不便没有限制自己，反而因为失去行动的自由而培养出了仔细观察并记忆食物的能力。而对伊贺良村风景的记忆一直印在他的心里，1974年原田泰治在报纸上读到一篇介绍南斯拉夫农夫画家伊万·拉包清（Ivan Rabuzin）的报道。而拉包清的画中风景让原田泰治想起了童年时代的伊贺良村，他由此开始以长野县的风景为题材进行创作。

五岁那年原田泰治靠自己的能力挣扎着可以站起来了。后来他慢慢恢复到了可以拄着双拐去上学的程度，不过行动依然不便。在《朝日新闻》周日副刊的主编酒井宪一邀请原田泰治开设专栏以后，他开始了探险一般的取材。要画出风景，必须亲眼看过风景才行。原田泰治在助手的帮助下，在取材的过程中拍下照片，回家以后再根据拍下的照片作画。（吴菲《原田泰治和他的素朴画》）为了取材，他去过北海道、青森、秋田、福岛和新潟。

吴菲在《原田泰治和他的素朴画》一文中将原田泰治的绘画风格归入"素朴画"一类，依据是1984年出版的《世界素朴艺术百科全书》（*World Encyclopedia of Naïve Art*）将原田泰治视为日本素朴画的代表。原田泰治的绘画风格确实令人联想到19世纪末20世纪初在欧洲兴起的素朴画。他的笔触带着童趣，色彩明快，不讲究透视，不追求精确的写实；但是他又与那些在业余时间作画的素朴派画家不一样，原田泰治并非业余画家，他接受了全面的学院教育。原田泰治于1960年进入武藏野美术大学学习油画，一年后转入武藏野美术短期大学的商业设计科，1963年毕业于此科。

在这本《大山的礼物》中，还有一个细节值得注意：在一部分画面中，所有人物的脸上都既没有表情又没有五官，不论是健治还是爷爷、奶奶、堂兄和堂妹，他们的脸都是空白的。而这种面部留白的处理被认为是原田泰治的个人风格。吴菲在《原田泰治和他的素朴画》中指出："其实原田泰治早期的绘本中，大部分人物是有五官的。在从绘本转向单幅素朴画的创作过程中，他笔下的人物渐渐定型为没有五官的形象。这或许是画家为在画面中寻找故乡风景的人特意留下的空白，就像各处景点设置的那些供游客拍照留念的人物照片那样，人人都可将自己的脸凑上去，当自己是主角，由此获得一种仿佛与观赏对象融为一体的满足感。"而在我看来，面部留白似乎是想将读者的注意力转移到故事发生的环境中去。

在室内，爷爷奶奶的家里，原田泰治画下了让人怀念的地炉，一边展现地炉的温馨，一边感慨地炉日后可能很快消失；他还画下了墙面搁板上的红色达摩、榻榻米上的屏风和柜子以及门口的雨靴和挂在墙上的雨伞。正是这些细节呈现出了日常生活的样貌，因为这些细节而显得温馨和令人向往。而在户外，原田泰治画下了奶奶家院子里的鸡、面积不大的蔬菜地、晾晒的柿子干和玉米棒，他还画下了远处的群山、天空和云。原田泰治用鲜艳而沉静的色彩表现这些细节，看到这些细节组成的环境时，即使画面上的人物的脸是空白的，也一样能猜到他们是很开心的。平静的乡村生活、人与人之间的温情和联系、包容且慷慨的大自然……这一切都在原田泰治构建的故事里。

不知道《大山的礼物》是具体发生在何地的故事，原田泰治没有点明。而从群山环绕的风景来看，似乎还是他的故乡长野县吧。故事的最后，健治爬了山回家以后吃了奶奶做的大福，倦了累了，便沉沉地睡去，第二天他带着美好的回忆回家了，而这一切都是大山的礼物。这份礼物我也收到了。忽然想起来，信州味噌是长野县的特产，难怪地炉上的铁锅里煮的是味噌汤。看完《大山的礼物》，我也想煮味噌汤了。

2021 年 1 月

人生已经开始了

我第一次去书店，是爸爸带我去的。乘公交车，在终点站下车，再转乘另一辆公交车，然后到了新华书店。那次爸爸给我挑的书是一套两本精装硬壳的安徒生童话。方方正正的开本，封皮是黄色的，里面有插图，是为儿童简化过的注音版。我很喜欢那套书，读过很多遍，堂姐来借我都不舍得。

家长们似乎认为孩子就应该读童话，后来妈妈给我买了《格林童话》。这本是正经的都是字的书了，没有拼音了。可是我当时却隐隐约约地觉得不对劲，因为感觉那些故事都很悲伤。《小美人鱼》《卖火柴的小女孩》还有《坚定的锡兵》，结局都不是很快乐。后来，我很快迷上了哈利·波特，就没有再读过所谓"童话"这一类东西了。

一直觉得写童话的人应该就是住在森林里的吧，神神叨叨，疯疯癫癫，邻居可能是女巫。去年在读季羡林的留学德国回忆《留德十年》的时候，偶然得知格林兄弟都是季羡林当时留学的哥廷根大学的教授。我对童话作家的想象破灭了，哦，原来写童话的人也有正经工作啊。而之后我又知道了安徒生的名字是 Hans Christian Andersen，如果现在翻译这个名字的话，我觉得译者大概会翻译成"安德森"，而不是"安徒生"。安徒生 1805 年生于丹麦，他与狄更斯和巴尔扎克是同时代的人，还曾在旅行到英国和法国的时候与他们见面。原来安徒生也不住在森林里。

作为大人的我，又一次读起了安徒生。这次我读的是《枞树》。我觉得我小时候没有读过这个故事，或者也可能是小时候读了，但是没有留下印象。去年冬天，我因为看到很多人买圣诞树也心痒痒想买，但后来还是没买，最后买了绒毛玩具圣诞树。我以前一直以为圣诞树是松树，查了以后才知道圣诞树原来是枞树。我跟朋友说起我的新发现，她推荐我去读安徒生的《枞树》。这是我在变成大人以后又重新读安徒生的契机。

《枞树》的主人公是一棵枞树。它长在大森林里，那里阳光很好，空气很好。可是它却觉得没意思，它唯一感兴趣的事情就是赶紧长大。它羡慕那些大树，因为大树的树枝长得很气派，还有鸟会停在大树上。但是当它看到伐木工人过来砍下那些大树的时候，它又感觉害怕起来，担心自己也被砍掉。

它又渴望了解森林以外的世界。但是树没有脚，不能移动，它自己哪里也不能去。它就去问来来往往的鸟，让它们讲讲外面的世界什么样。有只鸟告诉枞树说它在飞过大海的时候发现大船的桅杆是枞树做成的。枞树便开始期待起来，它也想去看大海。它那时根本没有想过要变成桅杆意味着它将要被砍下来，要离开森林。阳光跟枞树说："享受你的青春吧！"我想阳光是为这个闷闷不乐的枞树感到遗憾，才提醒它现在正是好时候。

后来，在临近圣诞节的时候，枞树发现伐木工人来砍了很多树，这些树都被带走了。枞树还不知道什么是圣诞树，它很纳闷。麻雀告诉它说：这是圣诞树，之后要被放到富丽堂皇的地方去，树上会挂满装饰。枞树又激动起来了，它觉得去大海也很没劲了，它的新目标是要成为一棵圣诞树。阳光和空气都跟枞树说：好好享受你自由的青春吧。

后来它终于如愿了，它被砍了下来，成了一棵圣诞树。可它在那一刻忽然感觉到很疼，开始觉得森林也很好，为即将离开森林和它以前的朋友们感到难过。

它到了一户人家里，人们装饰它。枞树很期待圣诞节，它顶着一堆装饰物，想着之后会有什么好事发生在它身上呢。在圣诞节当天，孩子们围着它，在它旁边拆礼物。孩子们还在树下听了泥巴球的故事。枞树也记住了这个故事。可是枞树并没有因为身上的一堆漂亮装饰而开心，它反而紧张起来，怕蜡烛烧到自己，一直在颤抖。第二天，它下定决心不要再颤抖了，要为自己好看的样子得意。可是圣诞节过完了。

枞树被收进了储藏室。在那里，它只能与老鼠为伴。它给老鼠讲它听过的那个关于泥巴球的故事。它只知道那一个故事，就一直讲。它觉得那天晚上真是特别美好。它又开始怀念起森林，甚至都怀念起它曾经讨厌的小兔子，因为在枞树还小的时候，小兔子曾从它身上跳过去。老鼠们觉得枞树只会讲一个故事，很无聊，还叫它"老枞树"。枞树很难过，它觉得自己还年轻着呢。

春天终于来了。枞树被房子里的佣人拉出了储藏室，佣人拽着它下楼梯。枞树每撞到一级台阶都觉得好疼啊。最后，它满心欢喜地准备迎接春天、准备记住什么是快乐的时候，它被人砍成了柴。它被人放在炉子里烧，柴火噼啪作响，每一声都是枞树的叹息。枞树死了，故事结束了。

有研究者认为《枞树》是安徒生首个表现出悲观情绪的故事。枞树在每一个本该觉得快乐的时候都不能感受到快乐，它要在这个时刻过去以后，在回忆的时候才会觉得过去的那个时刻是快乐的。在森林里它不快乐，当圣诞树的时候它也不快乐，它总是在事后才明白之前自己也有过一些好日子。这确实很悲观。在读这个故事的时候，我会把自己带入枞树的视角，读着读着就觉得很难过。

在安徒生笔下，枞树的历程让我联想到了人生。虽说理论上人和植物的时间观念是不一样的，关口凉子在《名残》一书中曾写到树的生命，她说："理论上，树是不会死的。如果树没有被砍伐，如果树没有生病，它们可以一直活下去。"她又说人的时间观念是线性的，而植物的时间观念是周期性的，因为对于没有意外就不会死的树木而言，轮回的四季是永恒存在的，四季周而复始，因此时间是周期性的。而人的生命是有限的，要经历少年、青年、中年和老年，最终走向死亡。

可人依然重视季节的观念，因为在这种周期性的时间观念里，人可以暂时逃避线性的时间观念。因为一旦脱离周期性的时间观念，人就不得不直面死亡。人还喜欢把人生也划分成不同的季节，人生也分春夏秋冬。这也是人追求周期性时间观念的体现之一。关口凉子说这是因为人想体验树那样的时间观念。

而在安徒生的笔下，枞树被拟人化了。它可以思考，有记忆，可以说话，能听懂人的话，也能听懂鸟和老鼠的话。它还有年龄的观念，它很明确地知道自己处在"人生"的哪个阶段。它曾经知道自己还小，后来开始觉得自己是青年，老鼠叫它"老枞树"的时候，它还不乐意。它辩驳说：森林有很多比它更老的树，它还年轻呢。在这个故事里，枞树反而有了人类的时间观念。

也正因这种把树拟人化的写法，在读《枞树》的时候我不会觉得这只是一棵树的故事。枞树也可能是我。枞树不知满足，总觉得自己以后能干成一番大事，要去远方，要干大事，可最后还是当了一棵圣诞树。它自以为胸怀大志想去看大海的时候，也其实很幼稚，它没有意识到要变成桅杆的话，也需要被砍下来。当桅杆也好，当圣诞树也好，其实没什么区别，都是被人使用，都是失去了自由。它真正自由的时间是在森林里，而它那时却不明白。枞树没法享受当下，它把一切快乐都寄托于未来。而在它幻想的美好未来没有来的时候，它开始回忆过去，又觉得过去很好，但又觉得悔恨，因为本是快乐的时候自己并没有觉得快乐。

我也有过枞树这样的想法。或者说从小到大所有长辈都在培养我养成枞树这样的想法，小时候他们说"等你上大学以后……"，等我上了大学呢，他们开始说"等你工作以后……"和"等你结婚以后……"。这些句子听起来像是表示时间顺序的，"在……以后"嘛，可仔细想想又觉得不对劲，这些句子其实表示的不仅是时间顺序，还表示了条件和假设。如果我没能考上大学呢？如果我没能找到工作呢？如果我没能结婚呢？那么我的生活还要不要过？

去年以来思考了很多。以前总觉得自己能做成一番大事，一切都是进步的，生活只会越来越好，可实际上不是这样的吧。生活里会有很多意想不到的事情发生，会打乱所谓的人生规划。在面对未知的未来时，其实觉得自己很脆弱，无力抗拒命运。

有时也觉得迷茫，我到底是走在人生的大路上呢？还是在一个透明的仓鼠笼子里的转轮上跑着却丝毫不自知呢？

据说枞树其实可以长到 40 米高，那么故事里被砍伐下来的枞树最多也就是两米高吧，毕竟是当圣诞树用的。它觉得自己是青年也很可以理解，跟 40 米的枞树相比，它确实很年轻。可是它却不得不面对被砍下的意外情况。对比一下，人的平均寿命是一个数字，人们好像都是自然地以为自己会活到那个平均寿命，甚至超过那个平均寿命，我记得曾有同学在 25 岁的时候发朋友圈说人生的四分之一过完了，下面一个学长回了一句："人生七十古来稀。"人的平均寿命是一个平均值，这就意味着可能有人是不能活到平均寿命就要死的。

在死亡真的来临之前，人无法知道自己要死。那么要如何生活呢？如果每天都可能是人生中的最后一天，要如何生活呢？在这种情况下，如果再抱着枞树一般的想法去生活，就会很痛苦吧。因为永远无法在当下获得快乐，而那个自己以为会更好的未来未必会来。

我觉得其实不需要把希望都放在未来，因为生活已经开始了。生活不是在考上大学以后、找到工作以后、结婚以后才开始的。现在的一天跟未来的一天都是一天，现在的一天还是过去的自己向往过的未来的一天呢。

法语里有一个表达，叫 au jour le jour，意思是过一天算一天。历史学家用这个词形容中世纪穷人的生活状态，因为那时的穷人可能都不知道下一天的食物的着落。在形容中世纪的穷人时，这个词的感觉是贬义的、消极的。而我最早见到这个词是在蒂菲娜·里维埃尔的漫画 *Carnets de thèse* 中，漫画标题的字面意思是"博士论文手记"（中文版名为《念书，还是工作？》），漫画里在读博士的女主角在刚开始读博的时候下定决心，决定要认认真真度过博士期间的每一天。那时她说的话是：au jour le jour，jour pour jour。意思是：过一天算一天，一天是一天。我觉得这句话的意思是积极的，因为面对着困难，面对着不知何时能完成的任务。"过一天算一天"能让自己轻松点，而"一天是一天"的感觉是每一天都很重要，每一天都要认真对待。我很喜欢这句话。

我觉得《枞树》这个故事不是写给孩子的，虽然说人们一提起安徒生就下意识地觉得是童话。孩子或许还没有时间观念吧，或许也不明白什么是死亡，也不明白胸怀大志却不能实现、只能过平庸生活的痛苦和无奈。枞树的心情只有大人才懂吧，只有经历了一些痛苦、有过一些悔恨的大人才懂吧。枞树在悔恨的时候，回忆的也不是童年，而是宽泛的过去，这也说明安徒生在写作过程中没有为童年赋予特别的地位。如果只把安徒生理解成一个写"童话"的人，是低估了他，也是误读了他，或者像我之前的那么多年一样，就错过了他。我觉得安徒生是个写故事的人。

fairy tale 这个词或许也不应该被理解成童话，虽然说森林、城堡、女巫、精灵等等元素似乎是小孩子会喜欢的。我更喜欢把 fairy tale 理解成精灵故事。我有一次看一个会讲中文的德国博主的视频，听到他说了"神仙故事"，根据上下文反应了一下，哦，他说的应该是 fairy tale。这应该是他学中文学久了自主进行的翻译，可能他不知道童话这个词吧。而我参考他的译法，把 fairy tale 理解成了精灵故事。安徒生笔下的植物、动物和物品都会思考、会说话，这样看来它们就是精灵啊。

安徒生在这个故事里或许是悲观的，可他依然是温柔的。在这个故事里，枞树的生命不是在它被砍下的时候结束的，按照关口凉子的说法，树被砍下以后就是死了。可是故事里的枞树没有死在这里，他甚至在完成圣诞树的使命以后也没有死，他在储藏室的黑暗里也还是活着的，枞树在被砍成柴、全被烧掉以后才算是死了。在此之前，他都能思考，能回忆，安徒生给了他机会，让他明白了那些过去的时光是快乐的，让他明白了要活在当下。安徒生也通过这个方式让我明白了这些。

这个故事叫做《枞树》，而不是《圣诞树》。我想：安徒生还是认可、理解枞树的想法和野心的吧，谁不想干成一番大事呢？谁不想长成一棵高大的枞树呢？哪有树甘心就当一棵圣诞树呢？安徒生认可了它，认为它最重要的特质是枞树，而不是圣诞树，它来自森林，曾经也有过长成大树的可能。我想这也是安徒生温柔的安排。

2021 年 2 月

一球冰激凌与小豆豆

　　我是去年才开始看《窗边的小豆豆》的。上中学时，这本书被列在推荐书目中。但当时的我正处在叛逆期，越是推荐的书，我越是不想看。为什么我的阅读要被规定呢？小学三年级时，我读《哈利·波特与密室》，恍然发现几乎没有生字了，即便有零星生字也不影响理解文义，我能流畅地阅读了。既然如此，为什么我不能凭借自己的兴趣读书呢？中考、高考都有一道与名著相关的选择题，我时对时错，并不在乎。上高中以后开始住校，有一位室友非常喜欢《窗边的小豆豆》。她跟我讲过故事梗概，我也因此记住了"巴学园"。可是我依然没有兴趣去读这本书。我以为这书是专门写给小孩的虚构作品，以为是大人俯视小孩的幼稚读物。即便知道电车里的学校很温馨，也没有去读。高中阶段的我忙着读那些显得很酷的书，比如杜拉斯和萨冈的作品。

2019 年夏天，我看了日剧《小豆豆电视台》。在这部剧里，满岛光饰演青年时代的黑柳彻子。每集开头黑柳彻子本人化着老妆饰演年老的黑柳彻子。黑柳彻子虽然年纪不小，但并没有电视剧里看起来那么老。我忽然意识到了《窗边的小豆豆》是黑柳彻子写的！这算不上什么发现，毕竟书的封面上就印着黑柳彻子的名字。黑柳彻子是 NHK 的节目主持人，1976 年开始主持《彻子的房间》等著名节目，黑柳彻子就是小豆豆！《窗边的小豆豆》是她根据自己的亲身经历写的随笔集，而不是专门写给孩子的故事书。我猜：在日本，人们对此书的印象或许是"哇，那个有名的主持人出了书，写了自己的童年往事！"；在中国，人们或许是先看了《窗边的小豆豆》，2016 年《小豆豆电视台》播出以后，才发现了"童书作者"的真实身份。

2020 年秋天，我跟我的朋友豆讨论了我读角野荣子的随笔集的心得。她说觉得角野荣子跟黑柳彻子的感觉有点像，又推荐我去读《窗边的小豆豆》。我一时买不到中文版，便买了日文版，没想到高中时开始学的日语竟派上了这种用场。而在阅读的过程中，我无数次感慨：啊，学了日语真是太好了，能读到这个故事真是太好了。去年秋天我读了一半，便放下了。前一阵子，我遇到了一件事，以此为契机读完了《窗边的小豆豆》。

7月初，我跟朋友在公园里的冰激凌摊每人买了一个蛋卷冰激凌。天气热，冰激凌很容易化。于是没有去找长椅，在摊位旁边就吃了起来。一个小女孩跟爸爸一起过来，小女孩在还没有看到我们时就开始央求爸爸给她买冰激凌，爸爸不肯给她买。小女孩从冰激凌摊前面走过，看了我们，她看着我和朋友的蛋卷，朝我们走来，一边看着我和朋友的冰激凌，一边继续跟爸爸请求，一直说："求求了！"小女孩清楚地表达了自己想要的口味——一球草莓的。可是他爸爸依然不同意，那男人看着我们，眼神怨念，好像在说："都怪你们这两个大人在这儿吃冰激凌！"他走过来，试图拉走小女孩。我对那男人说："一个球，还好啊。"他问我："对谁而言还好？"这不是一个简单的问句，而是语气生硬的反问。我没想到他会这样说，还是伸手指指小女孩。这时，冰激凌摊的店员从店的侧面侧身出来，问那个男人："我给小女孩挖一小勺，免费送她，怎么样？"那男人还是拒绝了，说小女孩已经吃过下午的点心了，就拉走了小女孩。看到那个小女孩，被那个男人说了一句，我觉得非常委屈，手里的冰激凌好像都不好吃了。那个男人所说的"下午的点心"在法文中是 goûter，小孩的 goûter 大多是一盒酸奶，或一袋果泥，或一个水果，并非中文语境中的甜点。吃过了 goûter，再吃一球冰激凌也并非不可以。

我把这段个人经历写到了网上，没有想到竟被多位网友转发，一时之间我成了知名的"冰激凌博主"。随着一层一层的转发，事情似乎偏离了我原本的描述。有网友在转发时写了自己带孩子去工作单位的经历，同事给孩子零食，但是她不希望同事喂自己孩子。人们从这条转发的基础上再转发，讨论的前提变了，人们以为我喂了小女孩冰激凌，评论和转发中开始批评"那个冰激凌博主"喂别人家孩子吃东西。还有人继续发挥，说我"逼别人家孩子吃冰激凌"，是"小时候没吃够冰激凌，于是长大后强迫全世界小孩天天 24 小时吃冰激凌的反派大人，简直童话故事中的病态反派"。

还有人讨论起了"育儿"，说我破坏了父亲的权威。"正是立规矩的时候"，"给吃了一次，以后就会拿冰激凌当饭"。还有人发散得更远，说如果这次给小女孩吃了冰激凌，等她到了青春期，不给她买香奈儿，她就会离家出走。还有人说，她以后会吸毒。还有人说因为我没有孩子，所以我没有资格讨论"育儿话题"。

此外，还有一条转发讨论起了动物，有人说自己家的猫吃处方粮，如果有人随便喂她的猫，她会很生气。

还有人说我"在别人的事情上投射了太多自己的想法"，"加戏"。可是我是一个在现场的人，小女孩看到我的冰激凌，向我走来，我当然可以有自己的想法。而且我不是"投射"，我是直接表达了我的想法，不论是当时跟那个男人说的那句话，还是后来描述这件事。有人补充：小女孩和她的父亲之间可能存在约定，今天不吃这一球，明天就去吃冰激凌船。

起初我还觉得困惑，我写了一段个人经历，为何就引起了如此广泛的讨论？我可真是个作家了，我只用几百字描述了一段我的个人经验，读者已经想象出了一部连续剧体量的剧本。

后来，我开始看转发，看一层套一层的转发，研究最初的版本如何在传播过程中被扭曲，也研究人们如何从冰激凌发散到育儿和动物方面。可是，孩子是动物吗？显然不是。

孩子是有着个人意识的独立个体，那个小女孩已经能清晰地表达出自己的要求和想法，并且掌握了"求求了"这样的语言策略。有网友通过我的描述想象出了无数种小女孩不能吃冰激凌的原因，如花生过敏、肠胃不好、牙不好、吃冰激凌以后会进急诊……我想事情或许没这么严重。有人说孩子吃了冰激凌，晚上回家就不饿了，吃不进去晚饭。可是店员提出的一小勺也会产生这样的效果吗？那男人坚决不同意小女孩的要求，拒绝冰激凌摊店员的好意，似乎只是为了展示自己的权力，证明他是一个对小女孩有着权威的大人。

我看到的那个小女孩已经能够清晰地表达自己想要什么，她会说"草莓"和"一球"，也会在父亲不同意时不断央求，说"求求了"。日本作家多和田叶子住在德国汉堡，同时用德文和日文写作，她不是"住在母语里的人"，而是不断地在两种语言和文化之间穿梭，在这个过程中，她对语言的使用情况做出了敏锐的观察。多和田叶子在《用外语创作：走出母语的旅行》（《エクソフォニー：母語の外へ出る旅》）中写了她教外国学生学日语的经验，外国学生往往很难掌握日语里的动词て形。为什么日本小孩子都会说的动词变化，成年外国人却很难学会呢？她认为：心情起伏变化时，容易记住单词。小孩子的情感起伏很激烈，几乎不知道如何隐藏自己的不满情绪，小孩子想要什么的时候就是不论怎样都想得到，难过的时候就会马上哭起来。她认为：情感剧烈地起伏波动，对于记住单词而言是有利的。她又举例说：日本的孩子很小就能熟练地说动词て形，因为孩子很多事情都没法自己做到，需要依靠大人，于是常常对大人说："给我买这个！""为我做这个！"小孩在向大人表达自己的需求时会不断用到动词て形变化，动词て形变化是跟欲望联系在一起的。正是小女孩对语言的熟练掌握触动了我，我忍不住向着她说了一句话。

我也想起了《窗边的小豆豆》中小豆豆的一次类似经历。小豆豆在缘日庙会的路边摊上看到了小鸡仔，黄色的小鸡仔啾啾地叫着，小豆豆觉得非常可爱，很想要。她开始央求父母给她买。正如多和田叶子观察到的那样，小豆豆也使用了一系列含有て形变化的句子。小豆豆说："我想要！""买这个吧！""不是说好了要给我买个东西的吗？我要这个！"小豆豆的妈妈小声跟她说："这种小鸡很快就会死的，很可怜的。"小豆豆不明白。爸爸把她拉到稍稍远离摊位的地方，解释说："小鸡虽然现在很可爱，可是身体很虚弱，很快就会死的。你之后会哭的。爸爸现在可是告诉你了啊。"小豆豆说："绝对不会让小鸡死去的，我会好好照顾它的！"又说："求求了，给我买这个吧！"她又说："求求了。这是我一生的请求，我死之前没有别的东西想让你们给我买了。请给我买这个小鸡仔！"小豆豆的父母最后给她买了，小豆豆认真地照顾小鸡，可是小鸡还是很快死了。小豆豆说这是她人生中第一次感受到什么是离别。

想要小鸡仔的小豆豆和想要草莓冰激凌的小女孩，在我看来她们俩很像，可是她们的父母的处理方式却不一样。小豆豆的父母理解她想要小鸡的心情，也跟她解释了最初不想给她买的原因，因为小豆豆非常想要，便给她买了小鸡。小豆豆的妈妈还拜托木匠给小鸡仔做了一个箱子，在里面放入了灯泡，提高箱内温度。最后，小鸡仔真的死了，可是小豆豆不会因此觉得父母不爱她，也能理解父母的想法。

反观那个不让女儿吃哪怕一小勺冰激凌的父亲，我觉得他在人为地制造一种稀缺。小孩在想吃冰激凌的时候，如果父母给买，她会觉得自己的语言是有效的，也会觉得有安全感。在想吃冰激凌的时候就能吃到，冰激凌在小孩心中便是千百种食物中的一种，而不是一种特殊的存在。她不会觉得吃冰激凌的机会很少，日后碰到冰激凌，也不会吃太多。重点不是冰激凌，而是在想要吃到的时候能吃到。

相反，如果非要人为制造一种稀缺，小孩会在偶然有机会吃到冰激凌的时候猛吃，因为觉得并不是总有机会吃到。我也听说有的家长管教得很严的小孩在幼儿园疯狂吃冰激凌，然而家长都不知道。那种认为小孩如果吃到了一次冰激凌，就会"拿冰激凌当饭吃"的想法，是不是低估了小孩？

大人们吸烟、喝酒、喝可乐、喝奶茶，却觉得自己有权威不让小孩吃冰激凌。

我看到那个被父亲拉走、没能吃到冰激凌的小女孩，心里涌起了委屈，我想起了很多类似的童年经历。我的朋友也是。那个不给小女孩买冰激凌的父亲说的那句话，更是加深了我的委屈。从我个人的经验来讲，我记得很多小时候的事情，记得非常多想吃某物却吃不到的时刻，那种委屈的感觉在二十多年以后依然能被类似的情景触发，瞬间被调动出来。我对那个男人说了那句话，好像也是希望那个小女孩日后不要像我跟朋友一样记得这么多委屈的童年经历。

除了我自己的记忆，我的亲戚们还跟我讲述了不少我奋力争取食物的童年经历。大娘跟我说过一件事，但我自己几乎没有印象了。据说我的爷爷正跟我的叔叔们在院子里补渔网，我走到院子里，还没有说话就开始大哭，爷爷赶紧过来问发生了什么事，我说："我要吃儿童乐。""儿童乐"是当时的一种饼干。爷爷便带我去买了。大娘讲述这件事，是想说明我是个很有策略的小孩。

可是在我自己的记忆里，我的策略是语言。爸爸的朋友常常来我家吃饭，其中一个叔叔有一次问我想要什么，他给我买。我说要一吨巧克力。大人们都很吃惊，他们没有想到小孩也知道"吨"这个单位。那个叔叔没有给我买一吨巧克力，他后来来我家的时候真的给我带了巧克力。是国营商店柜台里的长方体形巧克力，散装称重，放在一个塑料袋里。现在想来，应该有一公斤。这么多年过去了，我依然记得这件事。对我而言，这是小小的胜利，是使用语言的胜利。语言是我的魔法。

不过，跟波伏娃的童年记忆相比，我记住的事情数量有限。波伏娃回忆录的第一卷讲述了她的童年经历，共有400多页。这一卷的中文版标题为《端方淑女》，法文版的标题更为直接，意为"一个循规蹈矩的年轻女孩的回忆"(*Mémoires d'une jeune fille rangée*)。波伏娃的母亲是虔诚的天主教徒，她安排波伏娃上天主教学校，在家也严格管教波伏娃。可是从波伏娃的回忆录来看，这种严格管教的教育似乎并没有产生好的效果。她写道："我拒绝屈服于这种难以捉摸的力量：词语。人们漫不经心地说出的词语让我恼火，'应该……'，'不应该……'，这些词语一瞬间就毁了我的计划和我的愉快情绪。"波伏娃认为家长的命令和禁止往往是随意的，没有依据，也不合逻辑。她举了两个例子："昨天我吃桃子的时候剥了皮，为什么今天吃这个李子的时候就不能剥皮？为什么我就非要在这一分钟停止游戏？"

在波伏娃回忆录的第一卷中，她经常写"大人"这个词。在她笔下，"大人"与"孩子"是对立的。她写道："大人们不仅抹杀我的意志，我还感觉自己成了大人们的意识的猎物……大人们的意识把我变成了一只野兽，把我变成了一件物品。"波伏娃觉得自己没有被当成平等的人，她暗下决心："我发誓，等我长大了，我不会忘记——人从 5 岁开始就是一个完整的个人了。大人们带着高傲的态度面对我时，他们正是在否定这一点，他们冒犯了我。"

那种被当成"一件物品"的童年经历，我也有不少。我小时候常被长辈捏脸，有时是亲戚，或远或近的亲戚，有时是父母的同事，于我而言几乎是陌生人，他们就直接地、随意地用手指捏我的脸。他们并没有征求我的同意。当时我觉得非常不高兴，但那时我还没有现在的理论素养，不知道自己经历了什么。现在想来，我是被当成了物品，我成了被评判的对象和被把玩的玩具，我失去了自己的主体性。最近看到体育选手在比赛后也被捏脸，我心情非常复杂。

法国有存在主义，之前听人说东北也有一种"东北存在主义"，举的例子是那句有名的"你瞅啥？"。在东北，"你瞅啥？"不是一个单纯的问句，说出这句话的人是感觉到自己被冒犯了、被瞧不起了。据说，听到这句话以后，如果想跟对方打架，就回："瞅你咋地？"如果不想跟对方打架，或者觉得即便打架也没有赢的胜算，要说："哥，我错了。""东北存在主义"认为"瞅"这个动作一旦发生，被"瞅"的人就沦为了"物"（objet），也就是成了客体（objet），丧失了自己的主体性，不再是主体（sujet）。我觉得这个概念很有解释力。

我正在读波伏娃回忆录的第一卷，还没有读完。而我对波伏娃的回忆录感兴趣，正是因为我最近读了莫娜·绍莱（Mona Chollet）的《女巫：不屈服的女性力量》（*Sorcières*: *la puissance invaincue des femmes*)。莫娜·绍莱是瑞士人，她从 2016 年起担任法国《世界报外交评论》(*Le Monde Diplomatique*) 的主编。在《女巫》一书中，莫娜·绍莱引用了波伏娃回忆录的第二卷《岁月的力量》："我可以凌晨才回家，彻夜窝在床上读书，中午才睡觉，之后的 24 小时闭门不出，也可以突然就出门上街。我可以在多米尼克餐厅吃俄式甜菜浓汤，也可以去圆顶咖啡馆只喝一杯热巧克力当晚饭。我喜欢巧克力、俄式甜菜浓汤，我喜欢睡很长时间午觉、整夜不睡，但是我尤其喜欢我的任性劲头。几乎没有什么能违背我的任性劲头。我愉快地发现那些'生命中严肃的大事'、包括大人们不厌其烦地在我耳边唠叨的那些事情，实际上都没那么有所谓。"[1] 波伏娃在获得教师资格证、开始教书以后，便搬出了父母家，开始独居。她的这段"任性"宣言强烈地表达出了她独居生活的快乐，我们或许也可以感受到：她在儿时接受的严肃管教似乎都失效了。波伏娃没有成为她母亲那样循规蹈矩的人，而是成了一位自由的知识分子。

　　黑柳彻子也记得很多童年往事，《窗边的小豆豆》就是记

1　转引自 Mona Chollet, *Sorcières: la puissance invaincue des femmes*, Zones, 2018, p.113。

录了她上小学的经历的随笔集。很多人或许以为《窗边的小豆豆》是专门写给孩子看的儿童读物，而实际情况并非如此。《窗边的小豆豆》1981年在日本出版，而1973年黑柳彻子已经出版了一本随笔集（『チャックより愛をこめて』《满怀来自查克的爱》）。这本随笔集是黑柳彻子1971年9月至1972年9月在纽约写的文章的合集。黑柳彻子在20世纪60年代初曾在《妇人公论》杂志上写过关于巴学园的随笔。当时她除了在学校写过作文，几乎没写过其他东西。讲谈社的编辑加藤胜久鼓励她："要有自信啊！要把巴学园的经历写出来啊！"黑柳彻子一直希望自己能站在孩子这边，希望孩子们能获得幸福。她非常喜欢画孩子画得非常好的画家岩崎千寻（いわさきちひろ），她希望自己写巴学园的这本书时能请岩崎千寻画插图。黑柳彻子的愿望在1979年实现了。1979年2月开始，一直到1980年12月，黑柳彻子在讲谈社的杂志《年轻女性》（《若い女性》）上连载，岩崎千寻为黑柳彻子的文章绘制插图。1981年，这些连载的作品结集出版了，就是《窗边的小豆豆》。

黑柳彻子1933年出生在东京，《窗边的小豆豆》写的是她上小学的经历。黑柳彻子最初上的小学并不是巴学园，她最初上的是一所普通小学。但老师觉得她的行为扰乱了课堂秩序，把黑柳彻子的妈妈请到学校谈话。老师说黑柳彻子上课期间一会把书桌的盖子掀开，一会又关上，打开盖子以后不能一口气把需要的东西都拿出来，而是每拿一件东西就开关一次盖子。这里所说的书桌是什么样子呢？我上小学时没有用过有盖子的书桌，不过我能感受到老师对黑柳彻子的嫌弃。演奏三味线等乐器的杂耍艺人从教室窗外经过，黑柳彻子站起来，对窗外的艺人说："嘿，能给我们表演一段吗？"老师跟黑柳彻子的妈妈讲了不少类似的事，结论是黑柳彻子给大家添了很多麻烦，希望她能退学。黑柳彻子的妈妈同意了，后来黑柳彻子离开了最初的小学，进入小林宗作（1893—1963）创立的巴学园。

小林宗作在创办巴学园之前，曾到欧洲参观小学，与欧洲的教育家谈话，学习欧洲的教育理念。1923 年小林宗作到法国留学，在巴黎跟瑞士作曲家、音乐教育家德尔克罗兹（E.J. Dalcroze, 1865—1950）学习了律动教育法（Eurhythmics，リトミック）。当时，日本正在展开"大正自由教育运动"，教育理念也开始转变，从以大人为中心、教育者主导的方式转变为以孩子为中心的模式，重视激发孩子的自发性和好奇心。小林宗作回到日本以后，继承了德尔克罗兹的理念，在日本展开"综合节奏教育"（綜合リスム教育），让儿童在游戏中将身体的运动和音乐的节奏结合在一起。[1]小林宗作也在巴学园教学生随着音乐的节拍改变身体的动作，这是一种律动练习。

黑柳彻子在《窗边的小豆豆》中写道："通过这种方式，律动让身体和心灵理解节奏，然后帮助精神和肉体达到平衡的状态，促进想象力的觉醒，激发创造力。"而巴学园的校徽也体现了小林宗作主张的调和身心的教育理念，校徽的图案类似八卦太极图，黑白两面代表了身心两面。巴学园的教育注重培育学生的主动性，强调身体与精神两面均衡发展。上学不仅学书本知识，还学游泳，去远足，去参观附近的古迹。

小林宗作的教育理念对黑柳彻子产生了深远的影响。黑柳彻子刚上小学时还不知道"小豆豆"（トットちゃん，tottochan。"彻子"的发音是 tetsuko，大人有时叫她 teko）是大人叫她的昵称，以为自己的名字就是"小豆豆"。在《窗边的小豆豆》的后记中，黑柳彻子写道：上第一所小学时的

---

1 今村方子:《小林宗作「綜合リスム教育」に「子供から」の教育をみる》,《こども未来学研究》, 2009 年第 4 号, 第 33—41 页。

事情几乎都不记得了，那些事情是后来听妈妈讲才知道的，自己也很诧异，当时居然是被退学的。可是黑柳彻子却对巴学园印象深刻，"各种各样的事情，我都没有忘记"。

黑柳彻子在巴学园被尊重，被当成一个独立的人。黑柳彻子见小林宗作校长第一面时，校长说要跟小豆豆单独聊一下，家长不必陪同。校长弯下腰，蹲下来，让自己跟小豆豆处在同一个高度，对小豆豆说："有什么想说的话都可以跟我说。"小豆豆很高兴，难得有人耐心听自己说话，于是从自己乘车来学校的经历说起，一直说到了家中的狗和父母，整整聊了四个小时，直到午饭时间。这次谈话以后，黑柳彻子成了巴学园的学生，开始在电车改装成的教室中上课。小林宗作在日常教学中也有事直接跟学生聊，轻易不叫家长来。这种把小孩当成独立的人的态度，黑柳彻子在成年以后依然记得。

尚且年幼的黑柳彻子已经有了希望被人尊重、被当成一个人的意识。黑柳彻子在寒假期间与父母同去志贺高原滑雪，志贺高原的雪场也有很多外国人，刚学了一句"thank you（谢谢）"的黑柳彻子虽然不知道那些外国人对她说了什么，却常常对人说"thank you"。有一次，一个看起来很温柔的年轻男人走到彻子身边，问她是否希望被放在他的雪板前面、跟他一起滑下去。彻子问了爸爸，知道了男人的话的意思，她同意，于是对那个男人说了一句"thank you"。那个男人带着彻子滑了整个高原最陡的坡，后来她才知道那个人是很有名的滑雪选手。而多年以后，黑柳彻子依然对这段经历记忆深刻，她写道："那个人没有把小豆豆当成孩子来对待，而是像对待成年女性那样对待小豆豆，真的感觉很温暖。"

波伏娃在回忆录中也写过类似的经历。波伏娃的父亲很重视引导她阅读，最初的目的是希望波伏娃能标准地拼写法语，后来发现波伏娃很擅长阅读，便为她推荐了很多书。波伏娃的父亲常与她就书展开讨论，而这也是波伏娃感到开心的时刻，她说："我那时很骄傲，我感觉自己是个大人了。"小豆豆滑雪和波伏娃读书的经历都证明了：小孩希望被尊重，希望自己的想法得到他人的重视。小孩所说的"像对待成年女性那样对待"和"感觉自己是个大人了"，说到底是感受到自己的想法被人尊重，感受到自己作为一个人被尊重。小林校长不仅尊重小豆豆，还经常表扬、鼓励小豆豆，说："小豆豆真是一个好孩子啊！"小豆豆听了以后有了自信，觉得自己真的是个好孩子。

巴学园还注重培养学生的生活能力，尤其重视培养学生与食物的健康关系。学生们通过一首儿歌学到了吃饭时要慢慢咀嚼。校长说的"来自山的美味，来自海的美味"清晰直接，小朋友理解了饮食均衡的重要性。巴学园召开运动会，奖品是萝卜、牛蒡和菠菜，学生们带奖品回家，请家长做成晚饭的一道菜。小豆豆觉得很有成就感，运动会的蔬菜奖品是通过自己的努力得到的食物。

校长说：虽然在日本大家总说吃饭的时候不要说话，可是一边吃饭一边说话是很快乐的，慢慢吃饭，花时间吃饭，一边聊天一边吃。这种理念与校长此前在巴黎的生活经验有关，法国人非常喜欢在吃饭时聊天，堪称一项艺术。在巴学园，每天吃饭时一个学生站在中间说话，讲自己想讲的事情，主题不限。在这个过程中，学生习得了表达自己想法的能力，在人前说话也不胆怯。小林校长还在野营时组织学生们一起做饭，吃到自己做的食物的学生们都很开心，很有成就感。

我多么希望我也能在巴学园上小学。过了十多年，我终于理解了我的高中室友为何爱这本书。遗憾的是巴学园在东京大空袭中被烧毁，此后也未能重建，黑柳彻子的后记中感慨：如果现在还有巴学园的话，不愿意上学的孩子大概会少一些吧！小林校长的教育宗旨是："孩子在出生时身上就带着美好的品质。在孩子长大之前，他／她会受到周围环境的影响，受到大人的影响，本身的品质可能被浪费了。因此，我们要尽早发现'好的品质'，让这种好的品质得到发展，让孩子长成有个性的人。"黑柳彻子在后记中列出了当时在巴学园的同学们日后的发展情况，有人成了科学家，有人成了园艺师，有人成了教师，大家都发挥了自己的特长，从事一项自己热爱的工作。我想：小林校长的教育是非常成功的。

这本书之所以感动了千千万万的读者，被翻译成多国外语，出版多年后依然生生不息地被人阅读，正是因为这本书是真实的。即便巴学园是虚构的，故事也足够感人，可这个故事是真实的，就更感人了。当时，联合国儿童基金会（UNICEF）的事务局局长看到了《窗边的小豆豆》的英文版，看完以后非常感动，觉得作者的主张跟基金会的主张是一致的，由此，黑柳彻子成了联合国儿童基金会的亲善大使。

黑柳彻子在巴学园上学时曾对小林校长说：长大以后要回巴学园当老师。巴学园在战争中被毁，黑柳彻子成了NHK的著名节目主持人，她说写这本书就算是换一种方式来兑现当年跟小林校长许下的诺言。她在写书时并没有把孩子当成目标读者，但是想着万一有年纪小的读者来读，那么还是在汉字旁标上假名吧。《窗边的小豆豆》出版以后被教育界注意到，成了学生的推荐读物，其中一些章节后来也被选入课本。而黑柳彻子本人并没有料到这本书会如此畅销，她在书出版之前就说了要用版税资助日本首个听障人士组成的职业剧团。

《窗边的小豆豆》成为畅销书以后，被称为首部女性作者写出的畅销书。黑柳彻子在后记中引用了一些男性评论家和男性读者的评价："封面很女性化。""名人靠自己的热度出书。""我本来根本不想读这本书的，可是家人无论如何都推荐我读，我就读了。"……黑柳彻子的回应也很幽默："真的很感谢那些强烈推荐我的书的'家人'啊！"

我错过了高中室友的推荐，幸运的是没有错过豆的推荐，在即将 30 岁时读到了这本《窗边的小豆豆》。这本书给了我很多鼓励，我隔空收到了小林校长的温柔教育。我想像小林校长那样对待身边的小孩，把小孩当成有独立想法的个人。

一球冰激凌非常重要。那个在小时候说"不许吃"冰激凌的声音，日后或许会说："不要学文科！""上大学要读某某专业！""赶紧结婚！""不要读博士！""快点生孩子！"……

2021 年 8 月

3

日常生活赞歌

研究历史上的人如何生活，

能让我们看到人如何从过去走到现在。

花森安治：保卫日常生活就是反战

去逛逛日本的书店，很容易发现杂志区里有很多生活类杂志。那些杂志风格各异，有的追随欧美潮流，有的寻求日本本土的生活方式，甚至有专门介绍北欧生活方式的专门杂志。而在这些杂志中，《生活手帖》是一种很独特的存在。它是双月刊（创刊初期为季刊杂志，每年发行 4 期，中途有段时间改为一年 5 期，现在是双月刊杂志。），大开本，一厘米的厚度，扎实稳重。翻开杂志，想必习惯了时尚杂志的读者会很震惊地发现《生活手帖》竟然没有品牌广告，只是在杂志的最后几页介绍一下杂志社最近出版的书。

以 2020 年 9 月 25 日出版的《生活手帖》第 5 世纪第 8 号（《生活手帖》杂志的独特说法，从第 1 期到第 100 期为"第1世纪",第101期到第200期为"第2世纪")为例,开头第一篇文章是对东京原宿咖啡店店主坂本织衣的采访,然后是大原千鹤的菜谱,她提供了五顿饭的菜谱,每一餐都包含不同的主菜、配菜和汤,所需材料和操作步骤都写得非常清楚,而且配上了照片。那些照片拍得很好,让人忍不住发出"这看起来真好吃"的赞叹,可又不会觉得照片上的菜品太过精致,看着这些照片会有一种自己也想做做试试的冲动。《生活手帖》杂志便是这样一本让人产生对美好生活的向往的杂志。还有有元叶子烹饪秋季特有的食材蘑菇的菜谱,杂志的内容与季节时令高度匹配,对季节时令非常敏感。

除了烹饪相关的内容,还有用纸和布自制相框的教程以及缝纽扣的方法,每一个步骤都有详细的说明和配图,很容易上手。还有对日本设计师皆川明的采访、对制作日本餐馆橱窗里摆着的仿真食品模型的师傅的采访、挑选平底铸铁锅的窍门、做章鱼小丸子的机器的测评、在新冠流行期间如何降低感染风险和减轻不安的方法、书和电影的推荐……内容丰富多样,涉及生活的方方面面,而且排版简洁,杂志的页面主次分明,读起来十分轻松。

《生活手帖》的创立

这样一本优秀的生活杂志的诞生与两个人有关，其中一位是大桥镇子，另一位则是花森安治。2016 年 NHK 的晨间剧《当家姐姐》便是以大桥镇子为原型拍摄的，不过鸡汤性质的晨间剧是以女性为主角的，剧情往往是女主角经历了若干困难最终成就一番事业，《当家姐姐》的主角还是大桥镇子，而不是花森安治。

1945 年底，在《日本读书新闻》工作的大桥镇子觉得以自己目前的工资无法让自己的家人过上好的生活，她幼年丧父，想让操劳一生的母亲享享福，于是决定自立门户从事出版工作。《日本读书新闻》的主编田所太郎便向大桥镇子推荐了花森安治。花森安治与大桥镇子的相识是十分偶然的。战争以后曾在大政翼赞会工作的花森安治失业了。田所太郎与花森安治是老同学，曾一同就读于旧制松江高中和东京帝国大学，他便请花森安治给《日本读书新闻》画插画。

花森安治 1911 年生于神户，大桥镇子 1920 年生于东京，1946 年起两人开始长达数十年的合作。1946 年大桥镇子在东京银座的日吉大楼成立了名为"衣裳研究所"的公司，出版一些教人如何用简单的方法和不多的布料做衣服的小册子，在战后的日本取得了成功。可是也同时出现了很多模仿他们的杂志，衣裳研究所的生意受到了冲击。1948 年 9 月，大桥镇子决定创办《美好生活手帖》杂志，把公司的名称改为"生活手帖社"。大桥镇子任社长，花森安治任主编。这便是如今的《生活手帖》杂志的雏形。

简单易懂的语言风格

花森安治上高中时便参与编辑学生杂志，1932 年初他被选为松江高中《校友会杂志》的编辑委员。花森安治在《校友会杂志》一展身手，自行设计版面和装帧，他日后曾对《生活手帖》编辑部的成员说那是"我作为编辑的起点"。1933 年花森安治进入东京帝国大学的美学美术史专业。花森安治对编辑工作的热爱持续着，他读大学以后进入了《帝国大学新闻》的编辑部。花森安治的毕业论文的主题是衣妆美学，题目是《从社会学美学的立场看衣妆》。在花森安治跟大桥镇子合作出版教人做衣服的小册子的那两年里，他对服装和化妆的兴趣成了一种优势。1937 年，花森安治大学刚毕业，他去拜访了在化妆品公司伊东蝴蝶园任设计师、插画师的佐野繁次郎，花森安治被当场录用了，此后便开始在伊东蝴蝶园工作，而佐野繁次郎在装帧和插画方面的造诣也深深地影响了青年花森。花森安治在伊东蝴蝶园负责撰写广告语，他的特点是用词亲切，减少使用汉字，多用假名，不用艰深的词汇，这种语言风格在后来的《生活手帖》中发挥到了极致。

花森安治想把自己的想法直接传达给读者。1948 年 9 月，《美好生活手帖》创刊了，封二是花森安治写的发刊词：

这是属于你的手帖

内容包罗万象

希望其中有一两项

能马上对你今天的生活有所助益

即使有一两项

看似不能马上起到作用

也期许能留在你的心里

未来逐渐改变你的生活

就像这样

这是属于你的生活手帖

　　津海野太郎认为这一段发刊词是"花森式文体的正式登场"，使用很多假名，用日常生活中人们使用的普通的词。而这一段花森安治在 70 多年前写下的话依然印在现在出版的《生活手帖》的封二上。

　　花森安治曾批评手下的编辑："你们写的文章，蔬果店的老板娘能直接读吗？鱼铺的老板娘看得明白吗？要带着这种意识去写。""要写出亲切易懂的文章，关键在于要像对话一样去写。尽量别用那些必须看一眼才能明白意思的词。"花森安治还说过："所谓的好文章，是能够让对方原原本本领会自己想法的文章。……要用温柔的语言来表达愤怒。"

　　杂志的名字也体现了花森安治对语言的敏感和他对简洁易懂的语言的偏好。《生活手帖》最初名为《美好生活手帖》，而当初用的词并非汉字"生活"二字，而是"暮らし"。对于不懂日语的读者而言，这两个词的区别似乎不是很明显，因为翻译过来确实都是"生活"的意思。当下的日本人也未必知道"暮らし"一词在杂志创立的时候是带有晦暗的色彩的词，发行公司认为"暮らし"太晦暗了，可能影响销售，于是才在"暮らし"前面加上了"美好"二字。津海野太郎对比了"暮らし"一词在不同时代给人的感觉：现如今"暮らし"给人一种"都市的优雅气质"，而曾经的"暮らし"是"自古以来平民阶层的生活意象，因此带有几分土气"。是花森安治改变了"暮らし"一词给人的感觉。1953 年，杂志改名为《生活手帖》，去掉了"美好"二字。

花森安治虽然追求用语简单明了、贴近生活口语，然而，在杂志的内容方面，花森安治是努力追求一流的，他向非常有名的作家约稿，他曾请室生犀星、川端康成、森茉莉等人为杂志写随笔。也曾请一流的厨师来为杂志的菜谱栏目写面向大众的菜谱，如高级日本料理"吉兆"的汤木贞一、香港饭店的总厨战美朴、大阪餐厅"生野"的主厨小岛信平、大阪皇家饭店的主厨常原久弥。

亲力亲为的主编

花森安治在《生活手帖》工作了 30 年，从 1948 年创刊到 1978 年他去世，杂志的销量从 1 万册达到了 100 万册以上。花森安治在第 100 号的卷末《编辑的手帖》一文中骄傲地说:"从 1 号至 100 号,无论哪一期,我都亲自参与采访、拍摄、撰写原稿、排版、绘制插图、校对,这是作为编辑的我最大的存在价值,既是一种乐趣也是我的骄傲。"花森安治认为自己是一个手艺人,不是 artist,而是 artisan,是日语里的匠人。

1953 年 12 月的杂志名字去掉了"美好"二字,而且开始重视图片和插画,《生活手帖》成了重视视觉的杂志,已经有了与现在的《生活手帖》十分接近的风格。花森安治对杂志有着自己的审美,杂志内页视觉明亮,使用留有余白的排版方式,唐泽平吉形容这种排版是"优雅地呼吸着"。他还亲自绘制封面,甚至连封面上"生活手帖"这几个字每一号都会重写。

作为主编,花森安治教他手下的编辑写文章:"把简单的事情复杂化,是没脑子的学者才会做的事。把复杂的事情用简洁易懂的方式表达,正确地传递信息,才是编辑的工作。"

花森安治也在编辑部教编辑们生活技能,通过安排编辑们做各种各样的事情,让他们亲身体验生活的方方面面。花森安治的手很巧,他不仅擅长做饭,还会针线活。他很喜欢学习日常生活的技术,也喜欢教给别人。而教学的方式就是成立当班小组，《生活手帖》的内容与生活息息相关，因此编辑必须也要有生活的经验。

当班小组每组4人，从周一到周六一共是6组（大桥镇子和花森安治以及几名干事不参与轮班）。当班小组的成员要比其他人到得早，一大早就要烧热水，保证大家在9点开始工作的时候能喝上热茶。还要收拾前一天洗干净的布巾，还要调节做商品测评的房间的温度，之后要淘米，做好中午大家要吃的米饭。社里有一个大型厨房，员工可以任意使用，中午可以直接在厨房做饭。花森安治曾写道："我们小小的研究室里，面积最大的，是厨房。到了午餐时间，大家聚集在厨房。有人开始烤油豆腐，有人默契地切起配菜用的黄瓜，有人去附近的店买素天妇罗，有人留下来准备萝卜泥蘸料。"午后3点，当班的人要给所有人准备红茶，晚上还要给加班的同事做晚饭，饭后还要负责刷碗和收拾。编辑们在当班的过程中体验生活中不可或缺的各个环节，这对于平时很少做家务的男编辑而言是难得的锻炼。

商品测评和菜谱

商品测评和菜谱是体现花森安治主编时期的《生活手帖》

的性格和追求的两大栏目。这两个栏目至今仍是杂志的重要部分。

● **商品测评**

《生活手帖》杂志社从 1953 年开始做商品测评，同时在麻布狸穴的苏联大使馆旁边增设了用于商品测评的"生活手帖研究室"（现已被毁），编辑的重心也转移到了那里。大桥镇子和花森安治从最初一起合作的时候就有做研究的倾向，最初成立的公司名为"衣裳研究所"，这个名字就代表了一种不仅是出版杂志同时也做研究的取向。这也许与花森安治大学时期以来一直思考的问题有关，他的毕业论文是对服装和化妆的思考，这种对日常生活中的现象进行认真思考和研究的思路一直延续到了《生活手帖》杂志的商品测评。

花森安治是《纽约客》的读者，对美国的新闻也十分关注。他最初决定开始做商品测评，受到了 20 世纪消费者运动的先驱——美国消费者协会的影响，美国国家测试与研究中心做商品测评，然后把测评的结果发在月刊《消费者报告》上。花森安治决定从生活中常用的物品开始测评，如洗衣机、电冰箱、煤油炉、婴儿车等。花森安治自己的生活经验也促成他思考测评的项目，花森安治家曾经遭遇火灾，家里的煤油炉起火，烧掉了他所有的书和唱片，这件事促成了他做煤油炉着火时应如何灭火的选题。

1953 年第 22 号首次刊登了商品测评栏目，最初是断断续续的，后来则变成了杂志的重要栏目。现在的《生活手帖》的测评栏目相比于花森安治时代的测评似乎少了一些魄力，花森安治在测试早餐时烤吐司面包用的吐司炉时，配的照片上是堆成小山的吐司面包片，那些都是测评期间使用的面包片，看到这样的照片的读者想必会十分信任杂志的测评吧。如今的《生活手帖》做在家自制章鱼小丸子的机器的测评，虽然会把参与测评的机器的照片排列在一起，却没有章鱼小丸子堆成山的照片。花森安治想通过照片告诉读者杂志社是如何尽心尽力地做测评，测评的过程也想让读者看到。

杂志社有一套完备的商品测评规则，力求客观。编辑部自行购买产品来做测评，测试时至少用两台产品，一台购于商场，一台购于电器店，不用企业提供的产品。花森安治力求测试的准确，在测试中还原消费者使用产品的真实场景，比如不用机器插拔插头来检测插头质量，而是请员工手动插拔。他说："因为这是在用好或不好来评判别人豁出性命制造出来的东西，所以商品测评也应该拼上性命。"

为了保持商品测评过程中的中立取向，杂志不刊登广告。花森安治的解释是："时常被问，为什么《生活手帖》不刊载广告？理由有二：一是作为编辑，想把杂志从封面到封底所有页面，全部把握在自己手中。二是刊载广告便要受到赞助商的压力，那绝对是困扰。商品测评栏目，扯上金钱关系，万万不可。"花森安治甚至不让杂志社的编辑和工作人员有过多的社会交往，让他们尽量不要参加聚会，怕他们在社交场合被企业的人影响。他甚至对印刷厂都很提防，很怕测评的内容被印刷厂提前泄漏出去。花森安治如此认真地做商品测评，一方面是为了让消费者在购买商品时可以做出自己的选择，另一方面是为了让企业发生改变，他想在日本创造出"产品好就能卖得好"的风气，鼓励企业全力以赴做出好的产品。

● 菜谱

《生活手帖》从创刊开始便刊登很多菜谱，介绍用随处都能买到的食材做出好吃的家常菜的方法。而《生活手帖》的菜谱是怎样诞生的呢？

1. 请专业的厨师来做平常的家庭料理，将其步骤用一组照片的方式进行记录。

2. 由在一旁观察的责任编辑将其整理为一页食谱。

3. 由不在场的其他编辑，按照这张食谱制作相同的料理。

4. 请大家品尝比较。

5. 如果味道和厨师做的一样就获得通过，如果不一样则要修改食谱。

6. 重复上述步骤，直到通过为止。

《生活手帖》的菜谱就是这样诞生的。花森安治曾说过："萝卜、羊栖菜、炖油炸豆腐，我们努力去改进这类出现在任何一个家庭餐桌上的家常菜，哪怕效果甚微。因为与其让一道菜看上去光彩鲜艳，不如让它真正为生活添滋加味，这是我们的想法。如此一点点改善做法，是否会逐渐改变生活的模样呢——我们怀着这样的期待。"花森安治认为做菜是很重要的事，"现如今，也只有美食中还能看到诗。倘若我们的生活里还有动手的乐趣，那就是做菜。做菜这件事里蕴藏着诗心"。

脾气很差又很温柔

花森安治对待工作的态度是十分严格。曾任《生活手帖》副主编的二井康雄从 1969 年入社工作，一直工作到 2009 年退休，他认为晨间剧《当家姐姐》中以花森安治为原型的花山伊佐次在剧中只会发火，他觉得有些偏离现实。可二井康雄也承认了花森安治确实是发过火的："工作上，我基本是在他的'骂'声中走过来的。花森先生简直是无所不能的超人，从策划到采访、图片拍摄、撰稿、校对、封面、报纸广告制作等，无论哪个环节，他的工作都是超一流的。"

曾在《生活手帖》当过编辑的唐泽平吉也提供了佐证，他还归纳出了花森安治训人的三个特点，第一是当众发火，不会私下叫人；第二是一旦开骂就连细节也不放过，甚至会殃及无辜；第三是一旦发火就自己也不工作了，可谓是老板罢工。根据津野海太郎的说法，花森安治"在家里是一个任性的暴君，完全不是一个温柔的父亲，可有时也会流露出温柔的一面"。花森安治听起来似乎是个脾气很差的人。可是唐泽平吉又认可花森安治的脾气,他在评价花森安治时用的词是"公认的顽固",但又认为他是一个"作风优雅、保有自由精神的人"。"花森先生非常独断专行,偏执得有些不讲道理,自己的任何意见都必须贯彻到底。但是,所谓'主编',本就要具备这样的条件,可以说这正是主编的职责。"

花森安治要求社里的每个编辑自费购买录音笔和相机,理由是"用统一配发的工具,成不了出色的手艺人",录音笔和相机当时都还价格不菲,刚入职的年轻编辑难以承担。可花森安治又贴心地给每一位刚入社的员工发一笔足够购买这两样工具的奖金。杂志社对年轻人十分关照,根据曾在社内工作的唐泽平吉的回忆,他当时去杂志社面试的费用都是杂志社承担的,够他买大阪和东京之间的往返新干线票、住酒店,还有剩余。而他在被《生活手帖》录用以后用第一个月收到的奖金买了录音笔和相机,他觉得花森安治的做法是有道理的,因为只有是自己的东西,用起来才会爱惜。

虽然花森安治喜欢发火,可他又有着自己的温柔,他讲求平等，又对同事充满了信任。曾在编辑部工作的唐泽平吉回忆说：编辑部里有一种平等的气氛，编辑们不会以职位彼此称呼，没有等级观念，称呼是平等的。编辑部实行男女平等的原则，当班的编辑不论男女都要做事，《生活手帖》社是一个并非只有女员工才给客人倒茶的杂志社，男员工也一样要给客人倒茶。社里也没有员工守则，花森安治曾说，"在只有三五十人的职场制定规则，是对在这里工作之人的侮辱"。《生活手帖》的平等理念还体现在每期杂志都有十分之一的版面是对读者开放的，从读者投稿中选出稿件刊登，现在也是如此。读者投稿的一个栏目是生活中的小窍门，主要是主妇的投稿，投稿内容都不长，但看了就能马上明白是如何操作的。这个栏目的投稿曾结集出版，广受读者好评。

花森安治的女性主义

第一次看到花森安治中年时期的照片时，我很惊讶，他留着及肩卷发，还有齐刘海，眼睛很大，猛然一看感觉像一位女性。而花森安治确实是有意识地选择了自己的着装风格的。花森安治的传记《改变日本生活的男人》的作者津野海太郎认为这是一种以思想为依据进行的社会实验。他还认为这是花森安治给刚创立的《生活手帖》打广告的一种方式，通过奇装异服让自己变成杂志的广告牌。杂志刚创刊的时候销路一般，经销商卖出的数量甚至不到印数的一半，编辑们只能自己背着杂志去书店上门推销。花森安治的奇装异服有为杂志开拓销路的作用。津野海太郎认为花森安治的女士发型也很可以理解，毕竟同时期的日本画家藤田嗣治也留着童花头。而花森安治本人确实受到了女性主义思想的影响，他从女性的角度思考问题，尊重女性，认可女性对生活的贡献。

花森安治在神户读了中学，在高中入学考试落榜之后的一年里他曾频繁去大仓山的市立图书馆（现神户市立中央图书馆）看书。在这间图书馆里，花森安治读到了平冢雷鸟的文集，里面收录了平冢雷鸟主办的女性文学刊物《青踏》的创刊词："天地万物之处，女性本是太阳……如今，女性成了月亮，依旁人而生，因映照别处的光而闪耀，是有着病人般苍白面容的月亮。"花森安治读完以后陷入了困惑，不知如何整理自己的心情，而等他回过神来的时候，他已经从德国社会主义者奥古斯特·倍倍尔的《妇女与社会解放》开始，把图书馆里大约二十本关于"女性地位与解放"的书给读遍了。这便是花森安治所经历的女性主义启蒙。

女性主义一直影响着花森安治,他的大学毕业论文研究的是衣服和化妆,他在文中从性别的角度对服装进行思考,他写道:

> 如果想象一个女性占优势地位,男性依存于女性的社会,恐怕女性的衣妆会选择朴素实用的形式,男性的衣妆则与之相反,有可能会变得轻快、线条柔和,继而拥有优雅的形式。……两性的身体条件也会随着社会地位的变迁和变化,除去本质上的差异以外,在身高、肌肉力量、骨骼等方面产生一定程度的变化也不是不可能的事。

花森安治对服装与性别的关系的思考没有停止,他不仅穿女装,还提出自己的观点。1952 年为埃里克·吉尔的《服装论》日文版写序,他写道:"比起女人穿裤装,男人穿裙子要更加合乎道理。"花森安治尤其反对西服,他认为穿西服与在显眼的地方戴上帝大的校徽是同种性质的行为,"西装本身是否适合生活，或者是否贴合自己的身材，倒是其次，一心希望被看作是知识分子，被看成有知识的人，所以才要穿西服，我认为是这么一回事"。他认为穿西装跟戴校徽都"包含了骄傲自负的特权意识，包含了将一般国民视为不值一提的鼠辈、只有自己高高在上的意识和心理"。

而花森安治是否真的穿过女装，此事似乎尚无定论。有人说他穿的不是裙子，只是裤腿宽大的裤子，因为花森安治曾经很胖，那时的裤腿很肥。不过花森安治不肯定也不否定，继续穿着奇装异服。

花森安治曾在 1940 年与佐野繁次郎一同在生活社发行旨在改善生活的《妇人生活》丛书，该丛书在四年间一共发行了五册。花森安治在《妇人生活》中以"花并半太郎"的笔名写了名为《和服读本》的连载。

战后花森安治开始与大桥镇子一起办《生活手帖》杂志，他反思自己在战争期间为日本大政翼赞会工作的经历，他说：

过去，我曾经尝试在大政翼赞会这一政府名义下的国民运动中实现自己"改变日本人生活"的梦想。可这显然是个错误。从今往后，我再也不会和政党、机关、大企业、大学等外人成立的组织有所瓜葛，也不会指望他们的帮助。一切都由我和少数几个伙伴完成。因此，我这次的伙伴不是政治家，不是官员，不是企业员工，也不是学者，而是实实在在支撑着日本人日常生活的女性。其中当然也包括男性，可中心是女性。主妇、职业女性、女学生，我想让这些普普通通的女性在日常环境中对自己和家人的生活进行研究——不仅是运用头脑，也要动手，总之就是采用和专业学者不同的方法。

花森安治所说的伙伴其实也大多是女性，生活手帖社最初是家族经营的，以大桥镇子为中心，大桥镇子的两个妹妹和她的母亲都有参与。虽然杂志后来也有了很多男性读者（如大阪大学理工学部助教梅棹忠夫），而《生活手帖》最初的目标读者是女性，花森安治想让女性发现更加美好的生活的可能性。他说："煮味噌汤、冲泡咖啡，这些事情，我希望学校里成绩最差的主妇，也能比一流餐厅的厨师做得好。"

花森安治积极地思考女性的处境，还引导他人从女性的角度思考。他曾写道："请思考，在这个世界上，女性，正在被怎样对待？请思考女性拥有的快乐，更重要的是，女性遭受的种种不幸，来自哪里？思考这些问题，便是思考女性的生活方式。你的母亲、祖母，以及更久以前的女性长辈，是如何生活？请不要以旁边者的角度，而是把那视为自己体内血液的历史来思考。女性，已经得到解放了吗？如果答案是'No'，那么我们便可以开始写一部从今往后的女性生活史。当你明白，不管服装还是打扮方式，都不能脱离女性的生活；那么，所谓美好穿着，真正的美好是指什么，你也就清楚了吧。"

花森安治的理想真的实现了，《妇人公论》主编三枝佐枝子高度评价《生活手帖》对战后妇女生活的影响：

第一，对于战败后一无所有的女性而言，《生活手帖》让她们思考如何面对新生活，教会她们活用身边的物品，指向与以往不同的"生活的美学"。

第二，通过摒弃对外在的空洞模仿，《生活手帖》推翻了一直以来压在女性身上的某种权威，根植了合理的精神。而且，这种精神并非来自高处，而是源自生活。通过日常的衣食住，女性以自己的眼睛判断。

第三，让女性从一直以来的束缚中得到解放……

第四，明确女性作为战争牺牲者的角色，同时通过真正的生活告诫女性，要避免这样的悲剧再次发生。

第五，这是花森安治的业绩中最受人瞩目的工作，即通过商品测评，打开消费者的视野，并实现对生产者的督促、警示。通过商品测评，女性能够学会对社会、政治、文化进行反思，提出质疑甚至批判。

花森安治的反战思想

花森安治在战后明确地表达个人的反战思想，1971 年他出版一本反思战争的书，名为《一厘五分的旗》。而花森安治的反战思想是逐渐形成的，他曾参与战争，又在战后开始反思，以《生活手帖》捍卫日常生活，认为保卫日常生活就是一种反战。

1937 年花森安治接到入伍通知书，1938 年 1 月 10 日他作为筱山步兵七十连队的一员被送到了位于松花江北岸的黑龙江省依兰，当时的依兰是一座小城（现为黑龙江省哈尔滨市依兰县）。花森安治曾在 1956 年 4 月的《文艺春秋》上撰文回忆这一段经历。1939 年 2 月，花森安治因患肺结核被送到松花江南岸的佳木斯市的陆军医院。他从依兰沿着佳木斯、牡丹江、铁岭南下，从大连坐上医疗船，经青岛到达博多，之后被送入了位于和歌山的陆军医院。1940 年，花森安治出院了，面对即将回归的日常生活，他深感不安。他重新回到化妆品公司工作，可是当时的社会已经变了，1940 年 7 月日本开始实行限制制造和销售奢侈品的规定，人们不再对化妆品感兴趣了。

有人批评花森安治在战后的反战思想是投机的，列出的证据是花森安治在战争期间曾在大政翼赞会工作，"那个烫了头发的反战论者在战争期间其实做过这种事"。而花森安治的传记作者津野海太郎则认为花森安治加入大政翼赞会是出于生计的需要：29 岁的花森安治已经结婚，为了保证一家人的生活，稳定的经济来源十分重要，他感觉化妆品公司的工作随时可能消失。而花森安治确实在大政翼赞会的宣传部工作过。这一时期曾有一个著名的标语，"奢侈就是敌人"，很多人认为这标语出自花森安治，可是花森安治在余生中对此不肯定也不否定，我们无从知晓其背后的真相。津野海太郎引用了酒井宽在《花森安治的工作》中的澄清，酒井宽认为那些"国民决意标语"是花森安治在应征的标语中选出来的，不是花森本人所作。津野海太郎则认为不论这些标语到底出自谁之手，"都不能改变一个事实——花森安治身为翼赞会宣传部的一员，曾经投入制作这些标语的过程当中，这一点作为过去的事实早已无法撤回。木已成舟，所以事后他也不会再去辩解了，面对任何说法都保持沉默"。津野海太郎在传记中曾写道："假如辞去翼赞会的工作，像花森这样的人想要在当时的日本找个正经工作也几乎是不可能的。想到家人，他确实无法做出这样草率的决定。在种种犹豫之下，他错失了辞职的时机，又在第二次改组后，在有能力的人才流失殆尽的翼赞会中被提拔成了中层管理人员。"

1943 年春天，花森安治被第二次应召入伍，然而花森安治在集训中发烧病倒，在临出发的时候得到了"留下"的命令，召集令被取消了。1944 年 11 月起，美军开始在东京和东京近郊实行无差别空袭，花森安治一家三口当时住的川崎市在 1945 年 4 月也经历了空袭，花森安治在院子里挖了防空洞，直到日本宣布投降时都住在位于元住吉的房子里。1945 年 6 月 13 日，大政翼赞会宣布解散，花森安治失业了。

1945 年 8 月 15 日，日本宣布投降，花森安治曾写过一篇文章，名为《对于我们来说 8 月 15 日意味着什么》。他日后也曾说起当时的心情："不用再去经历战争了，也不用去死了，只是这种利己的感情。"

失业以后，花森安治曾尝试过各种工作，甚至有人说他在走投无路的时候曾在有乐町朝日新闻社后面开了个咖啡店，最后还是做了与书籍、杂志的装帧有关的工作。在大桥镇子邀请他一起办杂志以后，花森安治曾这样回答她："女性在这次战争中吃了很多苦头，其中有我的责任，所以我会为你们的事业提供帮助。"1971年花森安治在《周刊朝日》杂志上讲了决定跟大桥镇子合作时的心情："我确实犯下过战争罪。如果能允许我找找借口，那就是当时我什么都不知道，我被骗了。可是，我不认为自己可以因此得到赦免。从今往后，我绝不会第二次受骗，也会去让更多的人不再上当。看在这一决心和使命感的分上，我想，过去的罪行至少能获得缓行吧。"

花森安治在战后重新进行思考："要保护的国家究竟是指什么？第一，是我们的生活，即日本人的日常生活。我要倾尽全力，让我们的日常生活成为值得保护的东西。""天皇殿下也好，神国也好，大和民族也好，除了跟随这些东西之外，还有没有别的什么呢？比如，我们每个人的生活？如果大家

216

都非常重视自己的生活，那么当有人要破坏这生活时，难道不应该战斗吗，难道不应该反对吗？"花森安治的这句话让我想起了日剧《温柔时刻》里寺尾聪饰演的"森之时计"咖啡馆老板的一句话，他说守护好自己身边的小世界是一项很重要的工作。在花森安治看来，守护日常的生活是反战的一种方式。他以《生活手帖》为平台，向读者介绍生活的重要性。花森安治开始去日本各地发掘认真生活的人，1954 年起设立了专栏《一个日本人的生活》，这个专栏采访的不是名人，而是过着普通生活的平凡人，这个专栏记录的就是普通人的生活。他说这是"要把我们生活中值得守护的东西找出来"。

　　1968 年 8 月发行的第 96 号是《战争中的生活记录》大特辑，这本特辑是由读者的投稿组成的，而 80% 的投稿人是女性。投稿的内容不仅是文字，还有照片、日记、记事本、衣物和其他生活用品。花森安治又一次与女性站在一起，他说："输掉战争的冲击过于巨大，自己的生存方式到底哪里是对的，哪里是错的，一些人无法进行这样的价值判断了。男性在这时就沉默了……可是女性却不一样。她们坚信，自己的体验都是真实的。"花森安治曾在一篇《每日新闻》的专栏文章《岁首》中写道："珍惜日常就是抵抗战争……想要维护和平的话，相比那些如殉道者般的反战活动家，尊重日常的普通主妇更值得期待。"而这本《战争中的生活记录》特辑从此畅销，多次加印，后来以单行本的形式出版，现在也能买到。

花森安治认为：不要觉得反对战争、反对企业排放污染物是政治家才能做的事情，大家其实都可以做到，在自己的生活中捍卫自己的日常生活。而他也给没有勇气的人鼓劲，他说："不管是好的，还是坏的，都不去模仿他人，希望你能有这种态度的精神洁癖。这也许需要勇气。那么请鼓起勇气。"

花钱的智慧

在日本经济高速发展以后，《生活手帖》主打的在惜物和节约的前提下过一种好的生活的主张不再受人欢迎，人们开始习惯于买新东西，用旧了就扔。而反观当下，人们虽然比以往有更多的财富，可似乎并没有过上更为美好的生活。在商家的广告创造出了本不存在的需求后，人们觉得有很多东西都要买，不买好像就不行，因为别人都在买。可通向美好生活的道路真的是这样吗？如今，我们似乎又需要重读花森安治了。

花森安治对待生活和金钱有着自己的态度。无印良品推出的"人与物"系列文库本中有一本就叫《花森安治》，是花森安治文章的节选，其中的很多节选讨论的是如何生活和如何花钱。

他主张在生活中追求美，美是美，美不等于金钱。他说："任何时代，美好之物都与金钱和闲暇无关。创造出最美之物的，总是那些经过打磨的感知力，注视日常生活的慧眼，还有不懈努力的双手。"花森安治主张看到事物的美好，而不是事物的价格，把新东西交给孩子的时候要说"这个很美，你要爱惜它"，而不是"这东西很贵，千万别弄坏了"。要像千利休一般，在渔夫日常吃饭用的碗里发现美。

花森安治强调要节约，要惜物。"每天使用的工具，看在眼里，仿佛事不关己。不打磨、不除尘、不修缮。坏了，随即丢弃；旧了，一扔了事；腻了，立马换新。自从买了吸尘器，清扫变得马虎；自从买了电冰箱，食物常被浪费。"他反思消费至上的风气，质问是谁让人们沉迷于消费："教会我们扔东西的人是谁？边制造东西，边满心算计着怎么让人扔掉它；边出售东西，边一味盘算着怎么让人尽快扔掉后再来消费的，是谁？"

花森安治对穿衣也有自己的价值观。他认为一切衣物都不如人本身重要，"你身上穿戴的所有东西——从衣帽鞋，到腰带、包、项链、胸针、戒指、丝带、发饰等，这一切当中最美的，是你。你的身体、你的头发、你的脸，还有最重要的——你的眼睛。莫要打扮得庸俗无聊，把自身可贵的美好破坏掉。青春之美，多少金钱都买不来。请珍惜，并为之自豪"。花森安治还主张不要只关注能露出来的衣服，也要注意保持内衣体面美观。他说："现在，请想一想，是不是该停止那种流于表面的、浑浊的时髦打扮了。哪怕没有新衣，也要认真对待内衣，请务必，做一个这样的人。"

　　他认为打扮得光鲜跟有没有钱是没有关系的，想要打扮得光鲜，要做到的是仔细地对待自己拥有的东西，买了十年的皮鞋认真保养的话，也会显得很亮。打扮得光鲜不等于是奢侈，使用的东西如果发现了毛病，及时拿去修补，花费也不会很多。

　　花森安治认为："不值得花钱的地方，哪怕一分钱也不花；值得花钱的地方，花多少也面不改色。"但他认为为了省钱而浪费大量时间和精力的举动是不可取的。"我们大概穷怕了，对于眼前以金钱形式流出的东西异常敏感，对眼睛看不见的支出，对自己体力心力的支出，异常不敏感。对于过久了捉襟见肘日子的我们，这种观念不可或缺，甚至值得感激。可一旦不直接以金钱形式出现，就认为是免费的，到底还是令人感到羞耻。"

花森安治深谙花钱的乐趣，他说没什么特定的购物目标、不需要像完成任务似的买东西的时候，手里又恰巧有一笔闲钱，这就有了乱花钱的喜悦感。在聪明开支的前提下，留一笔钱给自己乱花，既不会打乱收支平衡，又能兼顾小放纵的乐趣。

结语

花森安治对《生活手帖》有着自己的感情，他把杂志当成了自己的作品，甚至是自己的堡垒。杂志初创时期，花森安治以奇装异服甚至女装来让自己被人注意，把自己当成《生活手帖》的活广告。因为杂志不能刊登广告，除了卖杂志，没有其他收入来源，花森安治便自己去给各种报刊写稿子，写评论也写杂文，用稿费补贴杂志社。而在杂志走上正轨以后，花森安治便减少给其他杂志报纸写稿子了，甚至都没有出版自己的书，他的文字都发表在了《生活手帖》上。

从 1948 年起，到 1978 年因心肌梗死而去世为止，花森安治整整工作了 30 年。对于他而言，《生活手帖》是他一手打造的杂志，是他的城堡。

参考资料:

花森安治著，王玥译:《花森安治》，新星出版社，2018 年。

津野海太郎著，毛叶枫译:《改变日本生活的男人：花森安治传》，书海出版社，2020 年。

唐泽平吉著，张逸雯译:《编辑部的故事：花森安治与〈生活手帖〉》，书海出版社，2020 年。

本文最初以《守护看似日常的生活》
为题发表于《读库 2202》

阿部谨也：关注日常生活的历史学家

从自己的苦难到历史上的苦难

第二次世界大战结束不久，日本一座天主教修道院创办的宿舍接收了一名寄宿学生。这位初中生担任修道院仪式上的辅祭童。他用拉丁文说出"In nomine Patris, et Filii, et Spiritus Sancti（以圣父圣子圣灵之名）"。仪式结束后，他负责熄灭祭坛上的蜡烛。在休息日，他离开宿舍，去跟母亲见面。回来的路上，母亲有时给他买冰激凌。冰激凌很冷，母亲便用餐巾纸包着冰激凌。他一边吃一边往宿舍走，包冰激凌的餐巾纸也不舍得丢掉，因为餐巾纸上有残留的奶油香气。当时周围的人，甚至他自己都以为他会成为一名神父，他还不知道自己将离开这座修道院，进入大学，成为历史学研究者。他就是以研究中世纪欧洲社会史而著称的历史学家阿部谨也。

1935 年，阿部谨也生于东京神田。他的父亲阿部清太郎是高松人，在东京本乡经营一家自行车工厂，并且销售自行车。阿部谨也的母亲是阿部清太郎的第二任妻子，18 岁时与阿部清太郎结婚。阿部谨也的父母相差 18 岁，两人结婚时，阿部清太郎已经有一个女儿和两个儿子。童年时期，阿部谨也主要住在东京本乡，有时也去镰仓的别墅。

第二次世界大战开始后，阿部谨也随家人离开东京，到镰仓避难。战争末期，镰仓也不再安全，阿部谨也又去了川越。阿部谨也身体虚弱，在镰仓上小学时先在为体弱多病的孩子开设的养护学级待了一年，之后才正式开始上小学。之后，又因搬家而转学。2005 年，阿部谨也出版了自传，在书中他回忆起童年时感觉"不是现在的自己在看之前的自己，而是好像在看另一个次元的事情"。

对于还是个孩子的阿部谨也而言，战争的最直接体现是食物紧缺。从前，他的母亲经常给他做甜甜圈，而战争期间，连日常的食物都难以保证，他的母亲开始开垦土地，种番茄和茄子等蔬菜。当时，阿部谨也时不时有机会能跟母亲一起回东京。在食物紧缺的情况下，东京站前的明治和森永甜食店只卖烤苹果。在阿部谨也看来，那时的烤苹果简直是"另一个世界的美味"。阿部谨也的家庭也发生了变故。1943年1月，阿部谨也的父亲因肝硬化去世。同年，阿部谨也同父异母的哥哥因结核病去世。

日本战败后，阿部谨也随母亲回到东京。可是，位于神田的房子已经被烧毁。那一刻，阿部谨也觉得自己失去了故乡，成了"没有故乡的人"。从前优渥的生活一去不返，阿部谨也的母亲不得不开始工作。母亲开始工作后，无暇照顾阿部谨也，决定将他送到能负责吃住的机构去。1947年，阿部谨也进入德国天主教修道院经营的宿舍。

正是在这座修道院，阿部谨也第一次接触到了欧洲的文化。他学习了教理，还学习了以教会史为中心的欧洲史。在此期间，阿部谨也受洗。阿部谨也时不时有机会离开修道院，跟母亲见面。然而，阿部谨也忽然发现自己跟同龄人走上了完全不同的道路。"我跟东京的朋友们聊天，我只学了公教要理，而他们已经在考虑要报考哪所大学了，当时我就在想，我是不是在特殊的道路上迷路了？"1949年，阿部谨也决定离开修道院的宿舍，回东京。阿部谨也的亲戚当时在类似的机构中工作，认为这种机构能提供比一般的日本家庭更好的食宿和衣服，不理解阿部谨也为什么要离开。多年后，阿部谨也在随笔集《在自己身上阅读历史》中写道："不论能提供多么好的衣服、多么好的食物，机构还是无法取代家庭。"

阿部谨也回到东京后，进入练马区立石井西中学，读三年级。1950 年，他进入石神井高等学校（高中）。阿部谨也的母亲在大泉学园附近开了一家中华料理餐馆，阿部谨也在学习之余还要帮忙送外卖。植物学研究者牧野富太郎住在附近，经常点阿部谨也母亲店里的外卖。阿部谨也去送外卖时，牧野富太郎看到他是学生的模样，便问他在学什么，还鼓励他认真学外语。

当时，阿部谨也已经能读英文书。在石神井高等学校，学生从高二开始要学第二外语，可以选德语或法语。阿部谨也在老师的劝说下选了法语。任课教师是学习院大学的水谷谦三教授。阿部谨也在自传中回忆起这段经历时，觉得非常有名的大学教授每周教高中生法语是一件非常奢侈的事。

高中即将毕业时，阿部谨也在学校听了一场讲座，他被开讲座的老师的口才和风采折服。得知这位老师是一桥大学的上原专禄教授后，阿部谨也决定报考一桥大学。但是一桥大学是非常难考的名校，阿部谨也没能考中。落榜后，他上了一年的预备学校，第二年终于考上了。他说："上预备学校的那段时间，我意识到了这世上有些人并没有被他人承认的位置。"

1954 年，阿部谨也进入一桥大学经济学部。虽是经济学部的学生，但对历史非常感兴趣，很自然地开始上很多历史课。正是在一桥大学，阿部谨也意识到了学外语的重要性。大二时，阿部谨也上增渊龙夫教授的研讨班，增渊教授带学生一起读马克斯·韦伯的《经济史》德文版。有的同学偷懒，不读德文版，而是读日文译本。增渊教授发现后严厉地训斥了他们，强调一定要读德文版。阿部谨也的导师上原专禄也非常强调外语学习。上原教授指导的一个学生想研究里尔克，但是这位学生不会德语，用翻译成日文的文本来研究。上原教授听说后，训斥了这位学生。

上原教授要求非常严格，上他的研讨班之前需要用德语写十页左右的报告，说明想加入研讨班的原因。阿部谨也当时只学过英文和法文，于是问上原教授可否用法文写报告。

上原教授同意了。此后，阿部谨也开始学德语。为了研究中世纪史，他又开始学拉丁文。当时一桥大学没有教拉丁文的老师，拉丁文课的老师是外聘的。"法国雅典娜"语言学校（Athénée Français）的大村雄治到一桥大学开课。刚开课时，班里有 20 人左右，后来人数逐渐变少，有时班上只有阿部谨也一人。大村雄治有时带阿部谨也到车站附近的咖啡馆上课，请他吃蛋糕、喝咖啡。

上大学时，阿部谨也的家庭条件不宽裕，甚至需要卖书换钱。多年后，阿部谨也还在后悔那时卖掉了马克斯·韦伯的《经济与社会》德文版和拉丁语字典。读完本科以后，阿部谨也继续进入大学院读研，靠当家教来赚学费。他在大学院的同学们都毕业于有名的私立高中，得知阿部谨也之前读的是新制高中时，都很震惊。

战争、食物紧缺、失去旧家、考学失败、经济拮据……阿部谨也的成长经历深刻地影响了他的研究取向。他关注历史上的人，把历史上的人看成个体，而非数字，尤其关注普通人和边缘人。正如阿部谨也在《花衣魔笛手》中写的那样，"人并不是有屋子、有食物、有自然环境就能生活下去的动物。重要的是这些事物、自然环境、对象与自己的关系，这种关系构成了世界"。

通过研究花衣魔笛手这个故事背后的历史，阿部谨也注意到了流浪乐师这一群体。在 13 世纪，流浪乐师属于贱民。由此，阿部谨也开始关注中世纪的贱民群体。他认为贱视跟蔑视不一样，贱视是也不是轻视，贱视包含着一种恐惧的心情。刑吏、掘墓人、公共浴池经营者、外科医生、扫烟囱的人……在中世纪后期都被视为贱民。阿部谨也不仅关注这些边缘人的生活状态，还思考产生贱视的社会性构造。在《花衣魔笛手》之后，阿部谨也写了《刑吏的社会史：欧洲中世纪的庶民生活》和《中世纪的罪与罚：亡灵的社会史》，他认为中世纪的贱视产生于 13 世纪、14 世纪。在这两个世纪，因基督教的广泛传播，尤其是炼狱信仰的普及，人们对世界、生死的看法发生了巨大的变化，贱视便是在这种背景下形成的。"在欧洲，贱民的历史性存在形态范围相当广泛，当我将这些以地域为单位，一个一个发掘出来，并进行研究的同时，也使我对欧洲近世、近代的社会整体重新改观。"

阿部谨也以贱民为切入点，开始了他对欧洲中世纪社会史和心态史的研究。这种对日常生活和普通人的关注看起来非常像法国年鉴学派的研究取向，但根据阿部谨也的学生伊藤淳的回忆，阿部谨也经常被人问是否属于年鉴学派，他一直都回答不是。正如阿部谨也在《在自己身上阅读历史》的后记中写的："在我看来，我研究的基本路线都是从我自己内部生发出的问题。后来，我开始思考我到底要如何理解自己和周围环境的关系呢，我要如何在这种关系中采取行动呢，从这些思考开始，我的研究延伸到了欧洲的中世纪。"命运给他磨难，促使他思考，这些思考的延伸深刻地影响了他的研究。

传说中也有历史——读阿部谨也的《花衣魔笛手》

提起花衣魔笛手，我们最先想到的或许是格林童话。故事里，德国的哈默尔恩市正遭受鼠患。不知从何处来的吹笛人告诉市长，如果市民付给他报酬，他就帮忙驱赶老鼠。市长答应了。吹笛人的音乐把老鼠都引到了河里，鼠患解除了。可是人们在摆脱鼠患后，却用各种借口拒绝支付报酬。一年后，复仇的吹笛人又来到了哈默尔恩，这次他吹起笛子，带走了这座城市的孩子们。2021 年，日本历史学者阿部谨也的《花衣魔笛手》有了中文译本。在读这本书之前，我以为花衣魔笛手的故事寓意是告诉人们要信守诺言，不能太吝啬。读这本书之后我知道了：这个故事并非完全虚构，其背后是真实发生过的历史事件。1284年6月26日，哈默尔恩有130个孩子失踪了。

历史学研究者为什么会对童话、传说或故事感兴趣呢？阿部谨也与花衣魔笛手的相遇是巧合，也是必然。从本科到博士课程修了，阿部谨也的研究一直与条顿骑士团（日语中的名称是德意志骑士修道会）有关。1964年，阿部谨也开始在小樽商业大学工作。他继续做研究，可是当时日本没有他需要的书和期刊。在与波恩大学的瓦尔特·胡巴茨（Walther Hubatsch）通信后，阿部谨也得知他要看的并非印刷史料，而是手写的档案。为此，他决定去德国访学。后来，阿部谨也正是在查阅档案时遇到了与花衣魔笛手有关的史料。

1969年10月，阿部谨也到了德国。他先在伊瑟隆（Iserlohn）的歌德学院上了两个月德语课，然后到波恩拜访胡巴茨。阿部谨也说他想研究中世纪晚期奥斯特鲁达地区（Osterode，现在位于波兰境内）的历史。在胡巴茨的建议下，阿部谨也开始学习古文书学（diplomatic/diplomatique）和古书体学（paleography/paléographie），每周跟胡巴茨的助手一起上课。阿部谨也就这样在波恩待了半年。因访学时间有限，阿部谨也决定搬去哥廷根，直接看与课题相关的档案。搬到哥廷根后，他每天上午8点半到12点去档案馆看史料。最初，很多内容都看不懂，阿部谨也觉得自己仿佛"独自在档案馆的隔间里与史料格斗"。后来他找到了一种方法：先整体读一遍，掌握大意以后再细读。

1971年5月，阿部谨也正在读有关奥斯特鲁达地区的先行研究，忽然读到"哈默尔恩的吹笛人可能是把孩子们带到了这里"，一瞬间他感觉自己被击中了。这便是阿部谨也在历史中找寻花衣魔笛手的开始。花衣魔笛手的传说令阿部谨也心潮澎湃，他上午去档案馆看史料，下午去图书馆查资料。然而他周围的人并不看好。阿部谨也的师兄当时也在哥廷根，他对阿部谨也说："你搞这个研究，说不定就偏离正道了。还是别做了吧。"阿部谨也在哥廷根是作为历史学研究者去档案馆查资料的，他觉得如果让人知道他开始对传说感兴趣了，周围的历史学家肯定会大吃一惊。因为在当时的德国，历史研究和传说研究是两个完全没有交集的学科。阿部谨也在自传中回忆道："正是因为我离开了日本、在异国生活，我没有被任何东西限制住，我也没做什么改变，就那样子直接进入了问题的内部。"

阿部谨也对花衣魔笛手感兴趣绝非偶然。有关花衣魔笛手的故事在历史上如何成立的假说中有一种便是移民说，这个假说的背景正是阿部谨也正在研究的日耳曼东扩现象。1972 年 11 月，阿部谨也把自己对花衣魔笛手的研究写成了一篇文章，发表在《思想》杂志上。之后，他在这篇文章的基础上继续写，1974 年出版了《花衣魔笛手》一书。

传说如何在历史上成立

在阿部谨也之前，已经有很多学者认为花衣魔笛手的传说中存在真实要素，并非完全虚构的故事。20 世纪上半叶，沃尔夫冈·维恩把已有研究提出的假说归纳为 25 种。阿部谨也在已有假说的基础上开始研究。作为历史学研究者，阿部谨也的目的不是揭开事件的真相，而是分析诸多假说能否在历史上成立。

《花衣魔笛手》一书分为两部分。第一部分名为"吹笛人传说的成立"，讨论传说在历史上成立的可能性，分析传说的各个要素在历史上的情况；第二部分名为"吹笛人传说的变容"，讨论这个发生在 1284 年的事件如何在几百年内衍生出不同的版本，讨论重大变化发生的社会背景，并介绍与花衣魔笛手传说相关的学术史。

在第一部分，阿部谨也介绍了三份确切记载了哈默尔恩的孩子们失踪事件的史料。第一份史料是哈默尔恩集市教堂在1300年重修时安装的以吹笛人与失踪孩子为主题的彩绘玻璃窗。阿部谨也把非文字记载的物品也视为史料，这种思路在当时的日本史学界堪称创新之举。阿部谨也在自传中回忆：当时日本的西洋史课程过于重视文字形式的史料，上课就只是读文字史料，地理和物品都被无视。他认为必须把物品和地理条件纳入历史研究。第二份史料是1384年左右写在哈默尔恩的一本弥撒集封面上的拉丁文韵脚诗。第三份史料是1430年至1450年写成的吕讷堡手抄本，1719年莱布尼茨的助手在吕讷堡的档案馆里发现了这部手抄本，1939年这份手抄本再次被发现。根据这三份史料，阿部谨也确定了一件事，即1284年6月26日，哈默尔恩的130个孩子在卡尔瓦略附近失踪。这是传说中有史料支撑的部分。

我们以"移民说"为例观察阿部谨也的研究路径。"移民说"主要有两种，第一种是维恩提出的，他认为摩拉维亚的主教布鲁诺出生在距离哈默尔恩不远的绍姆堡，布鲁诺可能派移民代理人到哈默尔恩，鼓励人们移民到摩拉维亚地区。

支撑维恩的假说的证据之一是维恩在摩拉维亚地区发现了与哈默尔恩词根相同的地名，他认为那就是失踪的哈默尔恩的孩子们的目的地。阿部谨也认为该假说不成立，因为布鲁诺主教在1250年至1300年间派出过300多位移民代理人，这样的大人物没有必要偷偷摸摸地鼓励哈默尔恩的孩子们离开。第二种"移民说"是多伯庭的移民遇难说，该假说认为本打算移民的孩子们在到达目的地之前遇到意外，因此死去。

阿部谨也从历史的角度考察这个假说在何种程度上是可能的。他从史料出发，先考察吕讷堡抄本是否可信，因为吕讷堡抄本对传说的记载最丰富。通过分析该抄本对其他事件的记载，阿部谨也认为吕讷堡抄本的作者是个头脑清醒、不迷信的人，该抄本相对可信。考虑到该抄本产生的时代，抄本记载的并不是1284年事件的原貌，而是1430年至1450年间人们对该事件的认识。

阿部谨也写道："为了分析这些多样假说，我们首先必须具备足够有关该事件的舞台哈默尔恩市及其居民、当时的世界和社会的知识。"阿部谨也对花衣魔笛手传说的研究，是从以哈默尔恩为中心的地区研究展开的。他梳理了哈默尔恩市成立的过程，尤其是8世纪至13世纪哈默尔恩修道院领主的变化情况。哈默尔恩最初是一座修道院，该地交通便利，靠近威悉河，设有集市，人们开始慢慢聚集在集市周围，便形成了城市。后来，城市挣脱了宗教领主与豪族的控制，得到特许状，人们组成市议会，开始自治。阿部谨也不仅从历史的角度考察哈默尔恩的情况，他对哈默尔恩的地理也很重视。为了能更好地想象出史料中提到的地名和空间，阿部谨也去了哈默尔恩市。他在城市里行走，确认他在史料中读到的街道和桥的位置，想象孩子们失踪的世界在何种空间展开。

阿部谨也认为核心是要搞清楚哈默尔恩当时的底层人过着何种生活。对庶民、底层人、贫苦人的关注是阿部谨也的研究的一大特点，在他的研究中能看到活生生的人。这个传说涉及的底层人分为两组，一组是失踪的孩子们的父母，另一组是吹笛人之类的流浪艺人。哈默尔恩市开始自治以来，富人和豪族垄断市议会，城市内的贫富差距拉大。在一处难以生存下去的人们便可能远走他乡，寻找更适合生存的新家园。阿部谨也认为这是日耳曼人东扩的原因之一。流浪艺人在中世纪地位很低，被视为贱民。在阿部谨也看来，正因流浪艺人一直被歧视，人们才可能在孩子失踪后把责任推到流浪艺人身上。

1284年6月26日是节日。在中世纪频繁的自然灾害、饥荒、歉收、传染病之下的艰难生活，节日是人们从日常的痛苦中解脱出来、少有的纵情游乐的机会。阿部谨也认为孩子们的父母可能在节日上玩得很投入，没能顾得上照顾孩子，孩子们因此失踪。他认为孩子们的失踪应该与流浪艺人无关。当时，日本史学界的主流观点是认为中世纪人都被束缚在土地上，很少移动。阿部谨也以流浪艺人为例，驳斥了这一刻板印象。实际上，中世纪有很多流动人口。

阿部谨也在分析诸多假说的同时，为我们展现了中世纪哈默尔恩的封建关系、权力结构和经济情况，并从社会史的角度出发，观察哈默尔恩市民的日常生活和心态。通过花衣魔笛手传说的切口，阿部谨也为我们展现了中世纪城市生活的方方面面，因此《花衣魔笛手》是一部具有整体史雄心的作品。

阿部谨也研究花衣魔笛手传说的思路让我想起了法国历史学者雅克·西弗洛（Jacques Chiffoleau）的一句话。西弗洛在1980年出版的《彼世的账目：中世纪末期阿维尼翁地区的人、死亡与宗教》中写道：如果想要整体、全面地了解一个地区的社会史，只能通过地域研究实现，必须把研究集中在一个区域内。他还提到：历史学者需要借鉴人类学家的研究方法，尤其是田野调查。如果说人类学家需要田野的话，那么历史学家也同样需要田野。历史学研究需要在一个有限的地理空间内展开。与其空谈封建制度在整个西欧长达一千年的中世纪里是什么样的、中世纪的城市是怎么回事，不如深入到具体的地区去。

传说如何在历史中变化

在《花衣魔笛手》的第二部分，阿部谨也讨论了该传说在流传中不断产生变化的过程及其历史背景，还介绍了关于这个传说的既有研究。从这一部分，我们可以还原阿部谨也的研究过程。他对这个传说产生了兴趣，然后去查阅相关研究文献，了解与传说有关的假说和史料。而阿部谨也在撰写本书时，按与之相反的顺序写。在第一部分，介绍与传说有关的史料，再介绍关于该传说的多种假说，分析传说中的要素在历史上是否可能；在第二部分，介绍传说在若干个世纪中的变化和学术史。正因如此，阅读此书的快乐堪比阅读推理小说。

花衣魔笛手传说的主要变化发生在 16 世纪。1565 年左右成书的《席莫伯爵编年史》记载了哈默尔恩的捕鼠人，该文本是最早把捕鼠人的故事与孩子失踪的事件联系在一起的文本。在此之前，孩子失踪的事件被独立记载，没有提到捕鼠人。阿部谨也认为传说在16世纪发生变化一方面与宗教改革和农民战争引发的宗教、社会变化有关，另一方面与印刷术的发展有关。他认为这个本来在民众之间流传的传说被知识阶层加以改造，"将传说的解释变成对民众的宗教性教化和精神性训育手段"。阿部谨也还列举了欧洲其他地方与捕鼠人有关的故事。他认为这些故事应该是独立发展的，因为在中世纪鼠患一直是困扰人们的问题。

花衣魔笛手传说的学术史与哥廷根有着非常深厚的关系。季羡林在回忆自己在哥廷根大学留学时的经历时写道："文科教授的阵容，同样也是强大的。在德国文学史和学术史上占有重要地位的格林兄弟，都在哥廷根大学待过。他们的童话流行全世界，在中国也可以说是家喻户晓。"花衣魔笛手正是格林兄弟收集的传说之一，借由格林童话，花衣魔笛手成了广为流传的故事。阿部谨也也正是在哥廷根访学期间开始研究花衣魔笛手的传说的。

阿部谨也犀利地指出了格林兄弟收集民间传说背后的时

代背景，他认为格林兄弟搜集民间传说和 19 世纪德国中世纪史研究的发展都与德国民族统一有关。要统一，必须创造出超越各个邦国的差异的共通之物，以这个共通的东西作为德国统一的基础。中世纪史研究是对德意志民族共通的过去的研究，民俗学研究是寻找德语圈民众共通的生活方式的研究，两者都服务于德国的统一。阿部谨也认为浪漫主义运动也算是其中的一环，特别是格林兄弟对古代传说的搜集。

在哥廷根还有一位与这个传说关系密切的人——海因里希·斯潘努斯。这位老人在 78 岁时在哥廷根大学提交了名为《哈默尔恩的捕鼠人——古老传说的成立和意义》的论文，并获得最优等。1934 年，哈默尔恩市计划庆祝"捕鼠人传说"650 周年，委托斯潘努斯策划一个相关的展览。在策展的过程中，斯潘努斯搜集了很多与传说有关的资料，由此开始研究这个传说。斯潘努斯认为传说发生变化的关键点在于吹笛人，在当时的身份秩序中吹笛人和捕鼠人都是流动的社会边缘人。正因这两者共同的属性，捕鼠人的故事和孩子们失踪的事件结合在了一起。

阿部谨也解释了花衣魔笛手的传说流传至今一直有生命力的原因，他说："不管在什么地方，天灾和人祸都不会断绝，不管在哪里，政府对平民的苦难都无动于衷。无名英雄根除民众痛苦根源后，政府也不会合理地对待这些英雄，往往反将其定罪，由此生出的灾害最终也必须全部由民众承受。而且成人世界中生出的这种丑恶行为，屡屡由天真的孩子承担责任。只要人们平常也能体验到这种'现实'，这则传说就有打动全世界人的力量。"

在历史研究中如何使用传说等看似不可信的文本呢？阿部谨也通过《花衣魔笛手》证明了看似不可靠的传说背后也有史实。不论吹笛人或捕鼠人到底是谁，哈默尔恩确实有磨坊，有老鼠。1654年，曾任哈默尔恩一所拉丁文学校校长的塞缪尔·埃里希写了一本名为《从哈默尔恩离开》的书。埃里希搜集了很多与这则传说有关的资料，他在1643年就发现了这则传说的核心是真实发生过的事情。哈默尔恩的庶民鲜有机会记载自己的历史，他们却通过一种独特的纪年方式铭记下了1284年孩子们失踪的事件。从1284年以后，哈默尔恩的人们采取了一种新的纪年方式，用"孩子们失踪后……年"来表示年份。正是这个不同寻常的历法吸引了法国钱币学学者图阿纳。图阿纳问莱布尼茨其他地方是否有类似的历法。莱布尼茨也迷上了这个传说，他开始阅读与这个传说有关的材料。莱布尼茨认为这个传说中有某种真实的东西。从此以后人们开始追寻这个传说背后的历史事实。阿部谨也的研究正是走在这条路上。

花衣魔笛手到底是什么人？阿部谨也开始查阅与流浪艺人有关的研究。城市内的贫富差距问题和花衣魔笛手故事中的流浪艺人，都与中世纪社会的等级观念有关。这些人都是在社会中被区别对待的人。阿部谨也写道："对这个传说的研究很大程度上打开了我的视野。在那之前，一提起历史研究，人们只会想到档案材料，传说、童话之类的东西肯定不在历史学者考虑的范围内。我并不是不知道当时的学术界有这样的规矩。我觉得这个传说真的非常有意思，不管怎样，都想研究一下试试。于是，我就用历史研究的方法研究了这个传说，想试试看到底能做到什么程度。"

《花衣魔笛手》堪称阿部谨也对传说的研究、对欧洲中世纪贱民的研究中影响最大的一本。近十年来，研究欧洲中世纪史的日本学者的著作陆续被翻译成中文，阿部谨也就是其中的一位。除了《花衣魔笛手》，阿部谨也的《中世纪星空下》《极简德国史》也已经有了中译本。此外，池上俊一的著作也有多本被翻译成中文，如《法国甜点里的法国史》《意大利面里的意大利史》《图说骑士世界》《历史的基因》系列。河原温、堀越宏一合著的《图说中世纪生活史》也被翻译成了中文。

多位研究欧洲中世纪历史的日本学者的著作都被翻译成了中文，但这些书多是他们在学术研究之余写的、面向大众的科普读物，我非常期待他们的学术著作也能被翻译成中文。关于日本学者所写的欧洲史著作的翻译情况，正如夏洞奇在他为阿部谨也的《中世纪星空下》所写的书评中说的那样，"就常理而言，西学研究者不必通日语，而擅长日语者很少熟悉西洋史。因此，很难苛责本书的译者。"中文译本虽有小错，但瑕不掩瑜。目前笔译工作报酬很低，考虑到这个令人悲伤的事实，我们能读到中文译本已属幸事。

历史研究与现实生活的连接点

为什么要研究几百年前的历史？作为历史学研究者，历史研究与当下的现实生活有何种关系？阿部谨也从学术生涯的开端便开始思考这些问题，他用一生的时间通过研究、写作和行动回答了这些问题。

不研究它就活不下去的主题

上原专禄（1899—1975）对研究的态度深刻地影响了阿部谨也的学术生涯。上原专禄是当时研究德国中世纪史的权威学者，阿部谨也进入一桥大学后开始上他的课。大学二年级时，阿部谨也想上上原专禄的研讨班。为了取得许可，阿部谨也去上原老师家。当时上原专禄正在家中与几位学者一起开会，他把阿部谨也介绍给了在座的所有学者。阿部谨也在上原老师身上看到了平等的态度，已有高名的学者认为本科二年级的学生跟其他学生是平等的存在。阿部谨也在自传中回忆起去上原老师家拜访的经历，他觉得这次拜访改变了他的人生。

阿部谨也取得了上原老师的同意，进入了上原的研讨班，开始学习历史。在这一阶段，阿部谨也面临的重大挑战是毕业论文的选题。当时他对罗马帝国非常感兴趣，对日本的问题也感兴趣，又对欧洲中世纪的修道院感兴趣。到底如何从这些兴趣中提炼论文的主题呢？上原专禄对阿部谨也的兴趣点既没有肯定，也没有反对，只是跟他说："选择什么问题来研究都可以，不过你一定要找一个如果你不研究它，就感觉自己活不下去的主题。"在修道院附设的宿舍生活的经历深深地影响了阿部谨也，最终，他选择了条顿骑士团（日语中称为"德意志骑士修道会"）作为毕业论文的研究主题。

阿部谨也在成为教师以后，把上原专禄的这句话告诉了自己的学生。现任日本东京教区神父的伊藤淳曾在一桥大学就读，他上过阿部谨也的研讨班。伊藤淳说自己曾多次听阿部谨也说起这句话。阿部谨也认为上原专禄是少有的把研究和自己的方式统一起来的学者。正如上原专禄所言："所谓明白了一件事，就是因为明白了那件事，自己也发生了变化。"对自己产生了影响的知识才是理解了的知识。

正是因为上原专禄的这句话，阿部谨也开始思考研究的意义。欧洲中世纪，从时间上看与现在有几百年之隔，从地理上看，德国和日本也离得很远。阿部谨也的研究似乎与他正过着的现实生活没有关系。"研究到底有什么意义呢？我对此怀有疑问。写与自己正在经历的生活没有关系的论文，也让我感到怀疑。"他感叹："我一直在不断地问自己，在我所在的国家和世界的情况都发生了如此巨大的变化之时，研究中世纪欧洲到底有什么意义。"

后来，阿部谨也读了德国历史学家赫尔曼·亨佩尔（Hermann Heimpel）的《人类及其现在》，找到了心中疑问的答案。当时，上原专禄在研讨班上带学生读亨佩尔的文章，阿部谨也正是因为这个研讨班知道了亨佩尔。在阅读和思考之后，阿部谨也意识到：我们所生活的现在的下层其实蕴含着过去，从语言、习惯、食物等方面都能看出来。现在的诸多方面都有来自过去的遗迹。死去的人以另一种方式活在现在。亨佩尔的这本书对阿部谨也也产生了很大的影响，后来阿部谨也把这本书翻译成了日文。

关注历史上的普通人和边缘人

阿部谨也也找到了学术研究与现实生活的连接点。历史与现在并不是断开的，而是有着紧密的联系。现在包含来自过去的痕迹，这些痕迹可能不那么明显，如果不观察、不思考，可能会忽略。几百年前的人与现在的人不一样，但两者之间仍有共通之处。研究历史上的人如何生活，能让我们看到人如何从过去走到现在。

在历史研究中，阿部谨也也关注历史上的人具体如何生活，关注人与人之间的联系，关注人的情感与观念。他走上了研究社会史和心态史的道路。阿部谨也的"田野"是中世纪后期德意志的城市。在这个范围内，他关注城市中的人如何生活、如何劳动、如何联系在一起。他非常关注此前不被关注的群体，如儿童、女性、贱民。阿部谨也以汉堡的兄弟团（confrérie）为切口，研究中世纪城市中的人与人之间的联系，观察人们如何跨越职业关系、地缘关系和血缘关系，以宗教为纽带，通过兄弟团联系在一起。在中世纪兄弟团内，成员们互相帮助，如果有成员要去朝圣、生病、去世等，其他成员都会帮助这个人。兄弟团往往选择一个修道院或教堂设置祭坛，请宗教人士帮忙为兄弟团内已经去世的成员祈祷。13世纪也是炼狱信仰开始出现并广泛传播的世纪，人们对死亡的看法也发生了变化。阿部谨也在开始研究兄弟团以后，很快意识到了这一点，他开始研究中世纪死亡观念的变化。他认为中世纪的生死观对近代西欧社会有很大的影响。通过阅读吕贝克和汉堡的遗嘱，阿部谨也认为这些遗嘱中所体现的"朝向彼世的赠与"是中世纪中期从赠与关系转向货币经济的见证之一。

想要研究中世纪的普通人过着何种生活、有何种心态，并不是一件容易的事，因为并没有直接回答这些问题的史料。阿部谨也认为欧洲中世纪史背后有大批沉默的人。为了研究这些此前不被注意的人，首先要改变对待史料的态度，不能只看著名编年史作者的作品，因为这些著名的编年史作者只关注国家级的大事件，很少记载与普通人的生活相关的饥荒、异常天气、歉收等。阿部谨也主张关注无名修士写的地区编年史。正如研究中世纪巴黎的贫困现象的美国历史学家莎伦·法尔默（Sharon Farmer）所言："中世纪的书写被精英控制，他们写下的内容决定了与穷人生活有关的哪些方面会流传到后世。我们想知道的那些关于中世纪巴黎的穷人的事情已经被他们带进了坟墓。"研究中世纪兄弟团的法国历史学家卡特琳娜·文森（Catherine Vincent）写道："人们说老实人没有历史，穷人则更没有写下自己的历史。"

为了寻找这些普通人的痕迹，阿部谨也关注通俗小说、绘画作品、礼仪材料、遗嘱……花衣魔笛手的传说打开了阿部谨也的思路，很多此前不被视为史料的文本其实都是史料。阿部谨也非常重视《提尔·厄伦史皮格尔的无聊故事》。这是一本 1510 年至 1511 年印刷的庶民小说，其主角提尔·厄伦史皮格尔的身份是贱民。小说中讲述了厄伦史皮格尔在面对社会各阶层的人时搞出的恶作剧，阿部谨也认为这部小说生动地反映了 15、16 世纪人们的心态，尤其是对待贱民的态度。阿部谨也不仅在研究中把这部庶民小说当作史料，还在报刊文章中讲述这部小说中的有趣情节。他还把这部小说翻译成了日语（1990 年由岩波书店出版）。

在日本，阿部谨也被称为西洋社会史研究的第一人。在日本史学界，"社会史"一词的用法最早可以追溯到 1922 年，当时《民族与历史》杂志更名为《社会史研究》。然而，现在我们所说的"社会史"所指的内容是 20 世纪 70 年代在日本出现的。社会史主张用跨学科的视角研究历史，使用此前不被学者注意的新史料，关注此前不被关注的群体。阿部谨也认为社会史在历史研究中占有非常重要的地位，并且主张重视日常生活和心态。"欧洲社会史并不是通过法制史、政治史、经济史等的积累就能掌握其内核，而要通过接近民众的日常生活及其思维世界才能开始触摸到其本质。"阿部谨也不仅自己从社会史的角度进行研究，还推动了日本史学界的研究转向。1982 年，阿部谨也与川田顺造、二宫宏之和良知力共同创办了《社会史研究》期刊。

当时，日本中世史领域具有代表性的社会史研究者是网野善彦，欧洲中世纪史领域具有代表性的社会史研究者是阿部谨也。阿部谨也留学德国后，回到日本，他开始对日本历史上的边缘人感兴趣，也开始关注日本当下的被歧视群体，并且多次就该主题发表演讲。作为研究欧洲中世纪史的学者，阿部谨也没有被自己的研究领域局限住，而是积极地与研究其他领域的学者对话。阿部谨也曾多次与网野善彦对谈，讨论、对比日本的中世和西欧的中世纪。这两位学者还出版了两人的对谈录，曾多次合写著作。

当下的生活中的历史痕迹

对历史与现实的关系的思考不仅影响了阿部谨也的历史研究，还促使他开始进行非学术写作。1975 年起，阿部谨也开始在《北海道新闻》《读卖新闻》《文学界》等报刊上发表文章，这些文章后来被收录在《中世纪星空下》（李玉满、陈娴若译，生活·读书·新知三联书店，2011 年）中。如果说《花衣魔笛手》像阿部谨也所说的那样，是"研究生活中盛开的一朵我未曾想到的小花"，那么这些发表在学术期刊之外的报刊文章也是一朵朵小花。阿部谨也从当下生活中的观察和思考出发，用清晰易懂的语言介绍他的研究成果，并且讲述他的研究与当下的联系。

阿部谨也在德国留学时，十分留意德国社会与日本社会的不同之处。他发现同样是买石油，德国家庭供暖所用的石油的税率比大企业采买石油的税率低得多，而日本的情况正相反。有一年夏天，一直给阿部谨也送信的邮递员有一段时间没来了，他以为邮递员退休了。8月底，邮递员又出现了，晒得黝黑。原来是去海岛度假了。而在当时的日本，休假是一件很难想象的事。阿部谨也自问："究竟这些和我国完全不同的习惯或规则是如何产生的？身为欧洲史研究者之一，总是想着是否能从历史的角度解释这些深记心中的经验。"面对这些来自当下日常生活中的问题，阿部谨也在研究历史上的日常生活的过程中找到了答案。

购物时普通消费者比大宗采买者的税率低，消费者优先的传统可以追溯到中世纪欧洲的城市。阿部谨也认为消费者优先的原则是欧洲市民意识的体现之一，而欧洲近代的市民意识来自12、13世纪出现的城市中萌发的市民意识。商业的发展使市集的所在地逐渐成为商人的定居地，商人在与领主抗争、对抗和妥协的过程中，取得了独立的生活空间，市民的身份由此产生。"所谓市民意识，就是在中世纪都市空间中培养的生活意识表现。"阿部谨也认为中世纪城市的市民生活是以同业组织为中心组织起来的，"同业组织的原则是排除所有类型的竞争，避免强者支配弱者、资本丰富者支配资本贫乏者的状况发生"。在购买同一物品时，为了避免竞争，有着消费者优先的原则。阿部谨也在德国留学时观察到的普通消费者买石油税率更低的现象，其背后的原则可以追溯到中世纪城市的市场规则。

阿部谨也从夏天去度假的邮递员身上看到了中世纪劳动者争取休假的努力。中世纪的工匠劳动时间很长，星期日虽然休息，但因为星期日被定为圣日，不允许工匠集会。为此，工匠们主张星期一休假，并为此持续抗争。星期一的休息日当时被称作"蓝色星期一"。在这一天，工匠们聚在一起，在同业组织内一起吃饭、饮酒。有的工匠会在这一天到澡堂去。阿部谨也认为工匠们争取"蓝色星期一"，不仅是为了缩短劳动时间，还是为了追求自由的时间和享受生活的时间。现代劳动者享受的休息日和假期并非凭空出现，中世纪的劳动者们已经在争取更多的休息日了。

面向普通读者的写作与翻译

阿部谨也在报刊上写的文章脱胎于他的历史研究。在这些看似轻松、简单的文章里，阿部谨也依然在提及或引用他在研究中所读到的史料。他提到一个现象时，总是详细地说出该现象发生在哪个时代的哪个地区。他在学术文章和报刊文章中提及的地区是一致的，即中世纪德意志的城市，尤其是汉堡、吕讷堡、法兰克福……由此可见，阿部谨也在报刊上写的文章与他的学术研究紧密相关。

阿部谨也具体、详细地描述了中世纪人的日常生活，尤其是当时人们的心态。在他的笔下，中世纪的人们不再遥远而陌生，而是与当下的我们有着紧密的联系。过去的人走上的道路塑造了现在，现在的生活保存着来自过去的痕迹。

在这些文章中，阿部谨也不仅讨论中世纪人与人之间的关系，还讨论了人与物之间的关系。他认为："人与人之间的不同相处模式，来自其不同的文化根源，因而产生出文化特征。而且，人与人的关系乃是由物品为媒介的关系，与肉眼看不到的牵绊所形成的关系成立的。"在这方面，他深受人类学和民俗学的影响。他关注中世纪的桥、教堂、钟声……阿部谨也深受莫斯的影响，他非常关注互酬关系，不仅关注人与人之间互送礼物的行为，还关注中世纪人们给教会的捐赠。此外，他还关注人与动物的关系，比如人与狗、狼的关系。

阿部谨也对语言非常敏感。他认为:"词语是过去送给我们的礼物。如果试着寻找词语本来的意思,从很古老的时代流传下来的词语其实非常多。我们根本没有在意这回事,只是使用这些词语而已。"他多次举出的例子是"借个火"。想要抽烟的人如果没有火柴或打火机,很自然地就可以跟其他人借火。对方很轻松地就会把火借出,而不会说"你之后可要把火还给我啊"。阿部谨也认为借火这个行为之所以如此自然,"因为火是自古以来,所有人类共同拥有的东西,我们在这种日常生活的小动作中,也可看出古代人际关系的模式还存在于现代生活"。在阿部谨也提出这个观点之前,我从未思考过这件事。在中文里,也说"借个火"。面对火,使用不同语言的人们用的竟是同一个动词。

阿部谨也翻译了很多书,除了前文提到的《人类及其现在》和《提尔·厄伦史皮格尔的无聊故事》,他还翻译了《大学的孤独与自由:德国大学改革的理念与形态》《中世纪妓女的社会史》《欧洲中世纪的女性》等书。他所做的翻译与他的研究、写作和行动紧密相连。对于翻译,他写道:"将外国语翻译成日文时,经常因为找不到和原来意义完全相同的词而感到伤神。日语的表现既多彩又细腻是原因之一，但也有语言所表现的行为方式彼我完全不同的原因。在这种情况下，除了翻译困难，对外国理解也有困难，它便可以成为重新思考我们日本人行为意义的良好机会。"

阿部谨也上大学时，他的老师上原专禄和增渊龙夫都非常重视外语学习。在他们的影响和鼓励下，阿部谨也在上大学期间学了德语和拉丁文。阿部谨也当上老师以后，对自己的学生也同样严格要求。阿部谨也的学生阪西纪子是研究中世纪北欧史的学者，她回忆道：阿部谨也的研讨班很难，每周都要读德语或者法语的文章，而且是精读。阿部谨也不仅要求自己的学生学外语，还把自己学外语的经验分享给普通读者。1992 年，阿部谨也主编了一本关于外语学习法的书，名为《我的外语学习法》（《私の外国語修得法》）。在这本书中，17 位学者讲述了自己学习外语的方法。

1976 年，阿部谨也任东京经济大学教授。1979 年，阿部谨也回到他的母校一桥大学，任社会学部教授。1992 年，阿部谨也任一桥大学校长。1998 年退休，任一桥大学名誉教授。此外，他曾任日本国立大学协会会长，参与日本的大学改革。2006年，阿部谨也在东京去世，享年71岁。

我们之所以能详细地了解阿部谨也的人生经历，尤其是他作为一个研究者的思想历程，是因为阿部谨也写了很多关于他个人经历的文章。2002年新潮社的杂志《思考之人》(《考える人》)创刊，从创刊号起到2004年夏季号，阿部谨也在杂志上连载，一共写了9篇文章。2005年，这9篇文章汇总在一起，成了《阿部谨也自传》(《阿部謹也自伝》)。此外，阿部谨也还出版了一本随笔集，名为《在自己身上阅读历史》(《自分のなかに歴史をよむ》)。他认为这种写作是"在自己内部深深地发掘"，从历史的角度出发，把自己的一生当作史料，"试着把自己打捞起来"。阿部谨也在这两本书中从童年经历写起，讲述了他在成为历史学研究者的路上不断学习和思考的过程。他不仅研究中世纪史，还关注当下，这种对历史与现实的关系的思考的极致便是在自己身上阅读历史，以人生经历为史料，思考自己的一生。正因阿部谨也写下了这些文字，我们才有机会更加全面而详细地了解他作为学者也是作为一个人的一生。

历史研究与现实生活到底有什么关系呢？通过阅读、思考、写作和行动，阿部谨也用一生回答了这个问题。

本文最初发表于 2022 年 5 月 6 日的《新京报》书评周刊

我去公园散步，去市场买菜，

虽然生活在一座城市中，

却前所未有地感受到自己正与自然相连。

"现如今，也只有美食中还能看到诗。

倘若我们的生活里还有动手的乐趣，那就是做菜。

做菜这件事里蕴藏着诗心。"

——花森安治

LE PETIT
CUISINIER
HABILE,
Ou l'art d'apprêter les Alimens avec
délicatesse et économie ;
Suivi d'un petit Traité sur les Confitures
et sur la conservation des Fruits et
Légumes les plus estimés.

L'Esprit fait des mortels aimables,
mais l'estomac fait des heureux.

（摄影：张君）

围着好吃的饭菜，

说真诚的话，

这样的经历很好。

与人分享是很开心的事，

不论是食物，

还是其他的东西。

（摄影：张君）

（摄影：张君）

赞美食物，赞美友谊。

24/JUN/2020

我觉得冰激凌店里的氛围，
堪称人类最接近世界和平的状态。

现在，我已经明白了相聚并非理所当然。

（摄影：思嘉）

阅读、写作和生活，

我在这三种经验之间往返穿梭。

每一种经验都是真实的、扎实的，

都让我的世界变得丰富。

我觉得其实不需要把希望都放在未来，

因为生活已经开始了。

生活不是在考上大学以后、

找到工作以后、结婚以后才开始的。

现在的一天跟未来的一天都是一天，

现在的一天还是过去的自己向往过的未来的一天呢。